KB054476

뉴욕을 그리는 중입니다

뉴욕을 그리는 중입니다

조아라 지음

생각정거장

가자, 뉴욕으로!

"우리 졸업하면 뉴욕 가서 살래?"

시카고 도심에 자리 잡은 작은 아파트. 나는 거실 식탁에 앉아 논문을 쓰고 있었고 내 룸메이트 사바나는 소파에 앉아 나무로 된 구두 틀에 가죽을 덧씌우고 있었다. 사바나의 뜬금없는 말에 고개를 들어 그녀를 쳐다봤다.

예술가들에게 '뉴욕'이 주는 환상은 꽤 크다. 미국에서 가장 큰 도시이며 월스트리트의 자본이 모여 있는 곳. 미국 최대 규모의 미술관인 메트로폴리탄미술관과 국제적인 명성이 자자한 구겐하임미술관, 현대 미술의 선두주자인 뉴욕현대미술관, 미국 미술을 책임지는 휘트니미술관이 있는 곳. 첼시 디스트릭트에는 쟁쟁한 갤러리가 모여 있고, 그곳에선 내로라하는 현대 미술의 거물들이 활동한다. 이스트빌리지에서 다리를 건너 브루클린으로 넘어가면 젊은 작가들이 둥지를 틀고 있다. 풍부한 자본과 다양한 미술제도가 마련된 뉴욕이 세계에서 가장 큰 미술시장을 가진 것은 어찌 보면 당연하다.

예술가로서 작품 활동을 하고 싶은 나에게 뉴욕은 꿈의 성지였다. 비자 때문에 내가 언제까지 미국에 살 수 있을지 모르겠지만 그 성지, 꼭 한번 들어가고 싶었다.

"그거 좋은 생각인데?"

사바나가 환호성을 질렀다. 옆에서 두리번거리던 강아지를 붙잡고 "너도 뉴요커가 되는 거야!"라고 소리치며 코를 비볐다. 말은 그렇게 했어도 우리는 우리가 한 말이 반 농담이라는 걸 잘 알고 있었다. 그래도 꿈도 꾸지 않는 것보단 나으니까.

"진짜 갈 수 있을지 모르겠지만…. 그래, 가자!"

Contents

Part 4. 뉴욕에서 예술 즐기기

Part 5. 그럼에도 불구하고,
뉴욕을 사랑하는 이유

에필로그

PART1

뉴욕이라는 도시에
첫발을

브루클린을 보고 있으면 한국의 홍대가 떠오른다.

젊은 활기로 가득한 화려함 뒤편에는 나날이 치솟는 땅값과

월세 때문에 아등바등하는 로컬 상점과 아티스트가 있다.

한때 홍대를 꽃 피운 주력이었던 그들은 인근 지역으로 밀려났다.

브루클린도 마찬가지다. 맨해튼에서 덤보로, 다시 윌리엄스버그로

점점 밀려나다가 결국 자본이 부족한 영세 갤러리들이 문을 닫았고,

대부분의 예술가는 내쫓기듯 떠나갔다.

⟨Boy and Girl⟩ 91×122cm Oil on canvas 2016 일부

우리 동네
브루클린

"브루클린에 살고 있어요."

새로운 사람을 만나면 으레 묻는 형식적인 질문들이 있다. 예를 들면, '어디 사세요?' 같은. 뉴욕에서 살다 보면 정말 다양한 사람들을 만나게 되는데, 내가 브루클린에 산다고 하면 많은 한국 분들이 걱정 어린 질문을 던진다.

"위험하지 않아요?"

"괜찮아요. 아직 딱히 위험한 일은 없었어요."

그중 뉴욕에 대해 조금 아는 분들은 이렇게 말한다.

"하긴, 브루클린이 옛날과 달리 많이 좋아졌다고 들었어요. 윌리엄스버그랑 덤보는 안전하고 분위기가 좋다더라고요. 거기 사시는 건가요?"

"아뇨, 거긴 집값이 너무 비싸서요. 브쉬윅에 살고 있어요."

브쉬윅Bushwick. 브루클린에서도 꽤 깊숙이 들어가야 나오는 동네에 산다는 걸 알게 되면 그들은 눈이 휘둥그레진다. 그런 곳에 살면 무섭지 않냐

브루클린 어디에서나 볼 수 있는
그라피티.

는 표정이다. 이렇듯 브루클린은 마치 맨해튼의 할렘처럼 문외한에게는 여전히 악명 높은 곳이다.

　사실 나도 3년 전 브루클린으로 처음 이사 왔을 때 그들과 별반 다르지 않았다. 이곳으로 오기 전 사바나와 난 이탈리아인과 그리스인들이 많이 사는 퀸스의 애스토리아라는 번화가에 살고 있었다. 오래됐지만 올망졸망한 주택과 밝고 활기찬 분위기가 돋보이는 동네였다. 그런 곳에서 살다가 브루클린에 오니 모든 것이 대조적이었다. 칙칙한 주택형 아파트, 검게 페인트칠 된 대문들, 창문마다 붙어 있는 도둑 방지용 창살, 울퉁불퉁 잘게 부서진 콘크리트 도로와 그 위를 굴러다니는 쓰레기…. 특히 우중충한 날이면 브루클린 특유의 잿빛 분위기에 몸이 절로 움츠러들었다. 우리는 유난히 쌀쌀했던 초가을에 이사했고, 내가 브루클린의 매력을 깨닫기 시작한 건 다음 해 봄, 따뜻한 햇볕과 꽃과 푸른 잎사귀가 보이기 시작한 후였다.

실제로 브루클린은 10년 전만 해도 총소리가 끊이지 않고 강도와 상해 같은 강력사건이 매일 일어났다고 한다. 길을 가는데 총을 든 강도가 물건을 뺏고 협박했다든지, 이유 없이 폭행을 당했다든지, 뉴욕에 오래 살았다고 자부하는 사람들은 브루클린에서 겪은 사건사고가 하나씩 있었다. 브루클린의 클린턴힐 지역에 프랫 인스티튜트Pratt Institute라는 유명한 미술 대학교가 있는데, 오래전 그곳에서 공부했던 작가들은 밤마다 총소리를 들으며 작업을 했다는 둥, 밤에는 여자든 남자든 함부로 나갈 수 없었다는 둥 각종 괴담으로 나를 겁주곤 했다. 재밌는 건 지금 그 동네가 밤에 돌아다녀도 안전한 번화가 중 하나가 되었다는 사실이다.

미국 드라마 〈가십걸Gossipgirl〉을 보면 브루클린의 사회적 위치가 어땠는지 잘 알 수 있다. 〈가십걸〉은 뉴욕의 어퍼 이스트사이드 지역서울의 강남 같은 곳을 배경으로 뉴욕 상류층의 삶을 노골적으로 보여주는데, 그와 대조적으로 표현되는 것이 브루클린 출신의 삶이다. 요즘 표현을 빌리자면 '금수저와 흙수저'인 그들의 싸움을 드라마에서는 '어퍼 이스트사이드와 브루클린의 싸움'이라고 표현한다.

그러나 그것도 이제 옛말이다. 브루클린은 빠른 속도로 가치가 오르고 있다. 〈가십걸〉의 주인공 댄과 그의 여동생 제니가 사는 브루클린의 덤보는 뉴욕에서 가장 비싼 지역 중 하나가 되었다. 덤보에서 멀지 않은 브루클린 도심은 거대 쇼핑몰과 레스토랑을 비롯한 고층 빌딩이 즐비하다. 그 위에 자리 잡은 윌리엄스버그라는 지역은 주말마다 불타는 금요일을 즐기려는 젊은이들로 가득 찬다. 브루클린은 이제 예술가와 힙스터들의 도시, 그리고 뉴욕에 사는 20~30대에게 가장 인기 있는 지역이 되었다.

브루클린을 보고 있으면 한국의 홍대가 떠오른다. 젊은 활기로 가득한 화려함 뒤편에는 나날이 치솟는 땅값과 월세 때문에 아등바등하는 로컬 상점과 아티스트가 있다. 한때 홍대를 꽃 피운 주력이었던 그들은 인근 지역으로 밀려났다. 브루클린도 마찬가지다. 변화가를 중심으로 월세만 비교해봐도 예술가들의 이동 경로를 파악할 수 있다. 과거 맨해튼이 너무 비싸지자 강을 건너 덤보에 터전을 잡았던 수많은 예술가들은 윌리엄스버그로, 다시 브쉬윅으로 서서히 밀려났다. 치솟는 월세에 자본이 부족한 영세 갤러리들이 문을 닫았고, 대부분의 예술가는 내쫓기듯 떠나갔다.

지금 내가 사는 곳은 정확히 따지면 브쉬윅이 아니라, 베드스타이Bed-Stuy라는 지역으로 브쉬

한때 악명 높은 빈민가이자,
가난한 예술가의 터전이었던 브루클린도
이제 거대 자본에 의해
변화를 겪고 있다.

윅에서 몇 블록 떨어진 동네이다. 그 몇 걸음 차이로 집세 차이가 제법 난다. 지난 3년간 이곳에 살면서 지역이 빠르게 변화하는 것을 몸소 느꼈다. 브루클린 중심 지역의 가격이 치솟으면서 브쉬윅으로 밀려났던 사람들이 어느 순간부터 하나둘 내가 있는 베드스타이 지역으로 옮겨오기 시작했다. 작년만 해도 다른 집으로 이사할까 고민했던 나도 근방 시세를 알아본 후 더 이상 다른 곳으로 갈 엄두가 나지 않는다. 누가 그랬다. 가난한 예술가가 뉴욕에서 살아남는 방법은 한 집에서 오랫동안 머무는 거라고. 그나마 현 세입자에게 월세를 올릴 때는 금액 제한이 있기 때문이다.

오래된 주택들이 철거되고, 새 빌라와 고층 아파트가 들어선다. 흑인으로 구성되어 있던 지역 커뮤니티에 백인들이 들어온다. 3년 전까지만 해도 내가 이 동네의 유일한 동양인이었지만, 이제는 동양인이 심심찮게 보이기 시작한다. 겉으로 보면 좋은 일인 것 같은데, 어째서 그 속에 사는 우리는 골머리를 앓고 있을까. 이곳에 살고 있던 흑인들은 어디로 갔을까. 몇 개월 전 우리 집에서 멀지 않은 곳에 스타벅스가 들어왔다. 사바나와 내가 좋아하는 로컬 피자집 바로 옆에 도미노피자가 생겼다. 난 이것이 일종의 신호로 느껴진다. 우리가 밀려날 곳은 또 어디일까.

브루클린은 오랜 시간 머물며 둘러봐야 매력을 알 수 있는 양파 같은 동네다. 그중에서도 브루클린의 위쪽에 자리 잡은 윌리엄스버그는 뉴요커들의 불금을 담당하는 지역이다. 주택가에 숨어 있는 핫플레이스를 찾는 재미가 쏠쏠하다. 금요일 저녁부터 주말까지 20~30대 젊은 이들로 바글바글하며, 옛 방식을 고수하는 전통적인 디저트 가게와 유기농 재료를 쓰는 자연주의 스타일의 레스토랑이 많다. 지하철을 이용한다면 L라인을 타고 Bedford Ave역에서 내리는 것을 추천한다. 이 역을 중심으로 명소와 맛집이 밀집되어 있다.

Tip.1

파이브 리브스
Five Leaves

미국의 맛집과 명소를 추천하는 앱 옐프(Yelp)에서 '브루클린 브런치'로 1위를 차지한 곳. 브루클린 맛집을 소개할 때 빠짐없이 등장하는 곳이기도 하다. 적당한 가격으로 뉴아메리칸 스타일(유기농 재료를 쓰는 자연주의)의 음식을 즐길 수 있다. 아쉬운 점은 인기에 비해 가게가 너무 작다. 피크 타임인 주말 점심시간에 1시간 대기는 기본이니, 늦어도 오전 11시 30분 전에는 대기 명단에 이름을 올려야 한다. 따로 전화를 주지 않고 이름을 부르기 때문에 주변에서 기다리지 않으면 놓칠 수 있으니 주의하자.

주소 18 Bedford Ave, Brooklyn, NY 11222
영업시간 8:00am~1:00am
홈페이지 fiveleavesny.com

Tip.2

피터팬 제과점
Peter Pan Donut & Pastry Shop

커피와 디저트를 동시에 즐길 수 있는 곳. 파이브 리브스 근처라, 파이브 리브스에서 밥을 먹고 이곳에서 후식을 해결하는 사람이 많다. 영화배우 티나 페이(Tina Fey)의 단골 가게로도 유명한 피터팬 제과점은 쟁쟁한 뉴욕의 도넛 가게 중에서도 다섯 손가락 안에 든다. 다양한 종류와 큼직한 사이즈까지 완벽한 이곳의 딱 한 가지 아쉬운 점을 꼽자면 자리가 많지 않다는 것. 매장이 협소해 느긋하게 앉아서 먹기는 어렵다. 오후 8시까지 운영하지만 인기 메뉴는 빨리 품절되니 일찍 가는 것이 좋다.

주소 727 Manhattan Ave, Brooklyn, NY 11222
영업시간 월~금 4:30am~8:00pm
토 5:00am~8:00pm
일 5:30am~7:00pm
홈페이지 peterpandonuts.com

Tip.3

브루클린 양조장
Brooklyn Brewery

맥주 마니아에겐 이미 유명한 '브루클린'의 맥주 공장이 여기에 있다. 갓 뽑은 시원한 맥주 한잔을 하고 싶다면 이곳에 꼭 들르자. 토큰을 구매해 맥주를 주문하는 방식이 재미있다. 공장에서 진행하는 단체 투어를 신청해 들을 수 있으나, 설명 위주라 영어를 못 알아들으면 지루할 수 있으므로 그다지 추천하지는 않는다. 길에서 술을 마시는 것이 금지되어 있기 때문에 공장 밖으로 맥주를 들고 나갈 수 없으며, 미국에서는 만 21세 이상만 술을 마실 수 있어 입구에서 신분증을 확인하니 신분증을 꼭 챙기자.

주소 79 N. 11th St, Brooklyn, NY 11249
영업시간 월~금 6:00pm~9:30pm
토 12:00pm~8:00pm
일 12:00pm~6:00pm
홈페이지 brooklynbrewery.com

Tip.4

이스트강 주립공원
East River State Park

날씨 좋은 날 윌리엄스버그에 들렀다면, 이스트강 주립공원을 빼놓을 수 없다. 이스트강변에 있는 공원으로 강 너머 맨해튼의 도시 풍경이 펼쳐진다. 복잡한 도심에서 벗어나 여유로운 시간을 보낼 수 있는 힐링 장소이자 새롭게 뜨고 있는 야경 스폿이다. 강변에 돌과 모래사장이 조성되어 있어서 바다 느낌도 살짝 난다. 비정기적으로 토요일에 '스모개스버그(Smorgasburg)'라는 푸드 마켓이 열리는데, 평범한 푸드 트럭처럼 보여도 뉴욕의 다양한 음식들을 만나볼 수 있는 행사이다. 타이밍이 맞다면 꼭 들러보길!

주소 90 Kent Ave, Brooklyn, NY 11211
개장시간 9:00am~9:00pm
홈페이지 nysparks.com

뉴욕의 심장을 만나다
타임스스퀘어

여행객에게 타임스스퀘어Times Square란, 공항에서 이민국 심사를 통과하는 것만큼이나 형식적인 절차다. 자유의 여신상이 뉴욕의 상징이라면, 타임스스퀘어는 뉴욕의 심장이다. 거대하고 요란한 전광판들, 도로를 가득 메운 자동차와 노란 택시, 신호등을 가로지르는 양 떼 같은 사람들, 365일 관광객으로 붐비는 곳.

뉴욕에 처음 도착한 날을 아직도 생생히 기억한다. 숨 막힐 만큼 습했던 6월의 여름, 나는 숙소에 짐을 내려놓자마자 얇은 원피스로 갈아입었다. 구름 한 점 없이 맑은 하늘의 쨍한 햇빛이 부담스러웠지만 곧바로 타임스스퀘어로 향했다.

타임스스퀘어가 뉴욕의 심장이라는 말은 과연 틀린 말이 아니었다. 뉴욕 맨해튼의 중심에서 살짝 왼쪽에 위치한 타임스스퀘어는 대략 20개의 지하철 노선 중 거의 절반이 마치 혈관처럼 지나가고 있었다.

"어우, 사람 너무 많다."

42가 타임스스퀘어역은 뉴욕에서 가장 큰 환승역 중 하나다. 출구가 너무 많아 어디로 나가야 하는지 알 수 없었다. 오감에 몸을 맡기고 사람들에게 휩쓸리듯 떠밀려 지상으로 올라왔다. 거리로 나오자마자 수십 명의 행인이 물결처럼 내 몸을 스쳐 지나갔다. 올림픽 경기장에서 열렸던 콘서트 이후로 이렇게 많은 사람을 보는 건 오랜만이었다. 이들 대부분이 관광객이라는 걸 생각하면 더 놀라웠다.

사람에 치이면서 어느 방향으로 갈까 두리번거리다가 코카콜라 전광판을 발견했다. 도로에는 크게 두 개의 물결이 있었다. 전광판 쪽으로 향하는 사람들과 그곳에서 돌아오는 사람들. 운 좋게도 내가 있는 쪽은 전광판 쪽이었다. 나도 곧 그 물결에 합류했다. 쿵쾅쿵쾅, 타임스스퀘어에 다가갈수

뉴요커만 빼고 다 있는 타임스스퀘어 광장.
사람들의 행렬을 따라 걷다 보면
어느새 광장에 도착해 있는 스스로를 발견할 수 있다.

타임스스퀘어 전광판 앞,
뉴욕 입성을 기념하며 찍은
나의 첫 독사진!

록 심장이 크게 뛰었다. 내가 진짜 뉴욕에 왔다는 게 실감 나기 시작했다. 여기에 오려고 내가 얼마나 고생을 했던가.

나는 광장 중앙에 서서 주위를 둘러보았다. 낮이었음에도 타임스스퀘어에서 쏟아지는 빛과 영상이 눈부셨다. 코카콜라 전광판을 중심으로 화려한 전광판들이 날개를 펼치듯 늘어져 있었다. 매년 미국에서 가장 큰 새해맞이 초읽기가 열리는 곳이기도 한 이곳.

그날은 유난히 사람이 많았다. 이 작은 공터에 오밀조밀 모인 모습이 개미 떼 같았다. 아마 방학이 막 시작된 초여름인 데다가 날씨가 좋았기 때문이리라. 공터 중앙에 선 나는 지나가는 사람에게 부탁해 독사진을 한 장 찍었다. 뉴욕에 온 첫날의 첫 사진. 이 사진을 찍기 위해 이토록 더운 날 무거운 몸을 이끌고 여기까지 왔다고 해도 과언이 아니었다. 일종의 스타트를 끊는 의식이랄까. 내 뉴욕 거주의 시작. 그것을 증명하기 위한 사진이었다.

뉴욕살이가 힘에 부칠 때마다 이 사진을 들여다본다. 뉴욕에서 사는 게 얼마나 힘든지 꿈에도 모르고 활짝 웃고 있는 모습이 그립기까지 하다. 비록 지금은 타임스스퀘어에 갈 일이 많이 없지만, 여전히 이곳을 좋아하는 이유는 뉴욕에 왔다는 흥분과 뿌듯함이 벅차올랐던 그때의 그 감정이 아직 남아있기 때문일 것이다.

사실 뉴요커는 타임스스퀘어에 가지 않는다. 브로드웨이 쇼를 보는 것도 일 년에 한 번 있을까 말까. 관광객이 너무 많아 교통이 심하게 복잡하기 때문이다. 그러나 뉴욕을 여행하는 사람에게 타임스스퀘어는 빠질 수 없는 관광 코스다. 이왕 왔으니, 뉴요커처럼 즐길 수 있으면 좋지 않을까. 뉴욕에 살면서 깨달은 소소한 팁을 전수한다.

Tip.1

노란 택시는 무조건 No!

절대 택시만은 타지 마라. 택시 기사가 타임스스퀘어, 그 삼각지대로 차를 몬다면 당신은 곧 어마어마한 교통체증에 막혀 무한대로 요금이 올라가는 미터기를 보게 될 것이다. 일부러 관광객을 노리고 타임스스퀘어 쪽으로 차를 모는 택시 기사들도 있으니 조심할 것. 꼭 타야 한다면 적어도 복잡한 곳을 나와 타임스스퀘어 바깥으로 향하는 길목에서 택시를 잡아야 한다. 보통 8에비뉴나 6에비뉴까지만 가도 교통이 수월해진다. 오후 4시부터 7시 사이는 러시아워이므로 지하철이나 도보로 움직이는 걸 추천한다.

Tip.2

브로드웨이 티켓은 당일 현장 발권을 노려라!

뉴욕에 대해 조사해 본 사람이라면 브로드웨이 티켓을 가장 싸게 구매하는 방법으로 브로드웨이 TKTS를 꼽을 것이다. TKTS는 높은 할인율을 자랑하지만, 줄이 길고, 인기 뮤지컬은 티켓 자체가 나오지 않으며, 자리가 좋지 않다. 좋은 티켓을 가장 싸게 구매하는 방법은 공연장 티켓 부스에 직접 가서 '오늘 공연 남는 티켓 있나요?' 라고 묻는 것이다. 아무리 인기 있는 공연이라도 그날 사정이 생겨 티켓을 환불한 사람들이 있기 마련이다. 미리 예약할 수 없다는 단점이 있지만, 인기 공연을 좋은 자리에서 볼 수 있으니 이득이다.

Tip.3

굳이 여기서 먹어야겠다면….

뉴요커가 오지 않는 타임스스퀘어는 관광객이 서비스의 주 대상이다. 손님은 너무 많고 자릿세는 비싸다. 모든 레스토랑이 그런 것은 아니지만 터무니없는 가격에 비해 음식의 맛과 질이 떨어질 수밖에 없는 환경이다. 심지어 체인점들도 이곳에선 가격이 조금 더 높은 편이다. 이 가격이면 다른 곳에서 더 맛있는 음식을 먹을 수 있지만, 꼭 먹어야겠다면 아래 가게들을 추천한다.

---

1 오오토야
Ootoya

타임스스퀘어에 있음에도 맛과 품격이 흐트러짐 없는 일식집. 개인적으로 적당한 가격의 타임스스퀘어 음식점 중 가장 좋아한다. 집밥을 떠오르게 하는 구성과 음식이 담긴 그릇 하나하나 신중하게 골랐다는 걸 알 수 있다. 단품보단 정식 세트메뉴(teishoku)로 주문하는 것을 추천한다. 개인적으로 추천하는 메뉴는 KATSU TOJI. 한국인 입맛에 잘 맞는다. 다만, 인기가 많아서 자리를 못 잡을 수 있다. 예약도 받지 않으니, 미리 가서 기다리는 수밖에. 그래도 팁을 받지 않는 몇 안 되는 귀한 뉴욕 레스토랑 중 하나이다.

주소　　141 W 41st, New York, NY 10036
영업시간　점심 11:00am~2:30pm(토요일엔 3시에 점심 마감)
　　　　　저녁 5:30~10:30pm
홈페이지　ootoya.us

② 마이티 퀸즈 바비큐
Mighty Quinn's Barbeque

값싸고 맛있는 미국식 바비큐를 즐기고 싶을 때 가는 곳. 셀프서비스 방식으로 줄을 서서 음식을 주문한 뒤 계산대에서 값을 치른다. 여러 메뉴를 섞어 1인분을 주문할 수 없기 때문에 친구와 함께 여러 개를 주문해 나눠 먹으면 좋다. 전부 맛있지만, 개인적으로 브리스킷(Brisket)이 가장 맛있다. 셀프 형식이기 때문에 팁을 줄 필요 없다. 뉴욕 여러 군데 체인이 있다.

주소 1407 Broadway, New York NY 10018
영업시간 월~금 11:00am~10:00pm / 토, 일 12:00pm~10:00pm
홈페이지 mightyquinnsbbq.com

③ 주니어스 치즈케이크
Junior's Cheesecake

뉴욕의 Top 5 치즈케이크 맛집에 항상 드는 대표 베이커리로, 뉴욕에서 가장 좋아하는 치즈케이크 가게 중 하나다. 본점은 브루클린 다운타운에 있으며, 50년대 작은 델리샵으로 시작해 오직 치즈케이크 맛으로 명실상부 뉴욕의 대표 베이커리가 되었다. 특히 오바마가 사랑한 치즈케이크로 알려지면서 유명해졌다. 패밀리 레스토랑처럼 운영되기 때문에 일반 음식도 갖추고 있으나 치즈케이크보다 맛은 살짝 떨어진다. 타임스스퀘어에 매장이 두 군데 있다. 브루클린 본점보다 가격이 좀 비싼 편이다.

주소 (45th street) 1515 Broadway, New York, NY 10019
(49th street) 1626 Broadway, New York, NY 10019
운영시간 일~목 6:30am~자정 / 금, 토 6:30am~1:00am
홈페이지 juniorscheesecake.com

현대 미술의 보고
뉴욕현대미술관

대학 시절, 사바나와 함께 뉴욕에 들른 적이 있다. 코네티컷주 뉴헤이븐에 위치한 예일대 미대가 개최한 오픈 하우스에 참석한 뒤였는데, 마침 사바나의 아버지 숀도 뉴욕으로 출장을 와 있어, 우리는 그와 저녁 식사를 하고 관광도 할 겸 뉴욕에 이틀간 머물기로 했다.

숙소에 짐을 내려놓고 보니 숀과의 약속 시각까지 시간이 남았다. 우리는 곧장 뉴욕현대미술관으로 향했다. '모마MoMA'라는 애칭을 가진 뉴욕현대미술관은 '뉴욕의 미술관'하면 가장 먼저 떠오르는 곳으로, 예술가를 꿈꾸는 우리에게는 꼭 봐야 할 1순위였다.

"뭐야, 사람이 왜 이렇게 많아?"

우리는 입구에서 어리둥절했다. 그날은 추수감사절을 앞둔 금요일이었고, 그래서인지 미술관 주변은 사람들로 바글거렸다.

"잠깐, 숙녀분들?"

서둘러 문을 열고 들어가려는 우리를 경비원이 막아섰다.

"들어가려면 줄을 서야 해."

경비원은 'Line Starts Here'이라는 표지판을 들고 있었다. 그는 자신의 앞에 서 있는 사람들을 가리켰다. 우리는 당황했다. 설마….

"이게 티켓 줄이야?"

경비원은 고개를 끄덕였다. 미술관 주변에 바글거리는 사람들은 길을 지나가는 사람이 아니라, 미술관에 들어가기 위해 줄을 선 관람객이었다.

"오늘 무슨 날인데?"

"금요일 밤은 무료입장이거든. 그거 기다리는 사람들이야."

"우리는 무료입장 필요 없어. 입장료 낼 테니까 지금 들어갈 수 없을까?"

그는 단호하게 고개를 가로저었다.

"안 돼. 이 시간 이후는 무조건 무료입장으로만 들어갈 수 있거든. 관람하고 싶다면 줄을 서도록 해."

우리는 망연자실한 표정으로 긴 줄을 바라보았다. 줄은 상상 이상으로 길었다. 꼬리에 꼬리를 무는 사람들이 미술관이 위치한 도로 한 블록을 휘감고 있었다. 간신히 줄 끝에 도착한 우리는 제시간 안에 미술관에 입장하는 건 물론, 관람조차 할 수 없다는 걸 깨달았다. 결국 우리는 관람을 포기하고 사바나의 아버지와 일찍 재회해 시내 관광을 했다.

그로부터 대략 7개월 후, 나는 다시 뉴욕땅을 밟게 되었다. 그러나 지난번처럼 미술관에 들어가지 못할까 봐 걱정하지 않았다. 이번엔 뉴욕에 방문이 아니라, 살기 위해 왔으니까. 적어도 앞으로 1년간은 언제든 갈 수 있을 거란 생각에 행복감이 밀려왔다.

다시 찾은 미술관은 예상했던 것보다 덜 붐볐다. 티켓을 사고 전시가 시작되는 2층으로 향했다. 카라 워커Kara Walker, 온 카와라On Kawara, 마크 브래드포드Mark Bradford, 도리스 살세도Doris Salcedo 등 유명 작가들의 작품으로 구성된 〈MoMA 현대 미술 컬렉션〉이 열리고 있었다. 우리나라의 양혜규 작가 작품도 있었다. 컴퓨터 모니터로만 보던 작가들의 작품을 직접 내 두 눈으로 보고 있다는 생각에 관람하는 내내 가슴이 두근거렸다. 이 훌륭한 전시를 언제든지 볼 수 있다니!

2층부터 3층까지 차근차근 특별전을 관람한 뒤, 드디어 뉴욕현대미술관의 꽃, 소장품 전시로 걸음을 옮겼다. 흥분되는 마음을 감추지 못한 채 빠른 걸음으로 사람들이 모여있는 정중앙 가벽으로 걸어갔다.

EXIT

뉴욕현대미술관의 내부 전경.
차분한 나무 바닥과 흰 벽면이
작품을 돋보이게 한다.

'역시, 있다!'

반 고흐Vincent van Gogh의 〈별이 빛나는 밤Starry Night〉이 경비원의 호위를 받으며 위상을 뽐내고 있었다. 제아무리 예술에 무지해도, 작품 제목을 모른다 해도, 심지어 고흐를 모르는 사람이라도 이 그림 앞에서는 걸음을 멈추고 돌아보지 않을까. 그만큼 대중에게 잘 알려진, 가장 사랑받는 그림이니까.

나는 한참 동안 그림을 들여다보았다. 한국 사람이 가장 좋아하는 작가가 반 고흐와 모네Claude Monet 라고 한다. 나도 예외는 아니었다. 고등학교 시절 후기 인상주의에 흠뻑 빠진 시기가 있었는데, 반 고흐의 열정을 조금이라도 닮고 싶다는 마음으로 그의 그림을 모작하곤 했다.

〈별이 빛나는 밤〉을 보고 옆방으로 걸음을 옮기면 '피카소의 방'이 나온다. 작지 않은 공간에 두세 점을 제외하고 전부 피카소Pablo Picasso의 작품이기 때문에 그렇게 불린다. 한쪽 벽에는 피카소의 대작, 〈아비뇽의 처녀들 Les Demoiselles d'Avignon〉이 있다. 사실 열정하면 피카소도 절대 뒤지지 않는다. '천재'라는 단어에 가려졌을 뿐, 피카소는 그림에 단단히 미친 노력파였다. 그가 생전 만든 작품의 개수는 대략 5만여 점. 그중 회화가 1,885점, 조각이 1,228점, 도자기가 2,880점, 드로잉이 무려 12,000점이다. 작품의 개수를 그의 나이인 90년으로 나누면, 한 달에 대략 46개의 작품을 만든 것으로 나온다. 적어도 하루에 1개 이상의 작품을 만들어야 나올 수 있는 엄청난 숫자다.

또한 피카소는 엄청난 카피쟁이였다. 그의 초기작에는 세잔Paul Cézanne의 붓 터치가 보이고, 마티스Henri Matisse의 색감도 보인다. '좋은 예술가는 모방을 하고 위대한 예술가는 훔친다.'라는 명언을 남길 정도로 마음에 드는 것은 뭐든지 자신의 것으로 만들었다. 그렇게 피카소는 끊임없는 노력과 자신만의 색깔로 본격적인 현대 미술의 시대를 열었지만, 그의 그림은 난해하기도, 쉬워 보이기도 한다. 그래서 반 고흐나 모네와 비교하면 대중, 특히 한국인의 사랑을 덜 받는 느낌이다. 나 또한 피카소가 미술사에 미친 영향과 그의 업적을 인정하지만 그의 그림을 그다지 좋아하지 않았다. 그러나 작가로서의 삶을 직접 살아 보니, 세상을 다르게 보려고 했던 그의 노력과 끝없는 열정을 경애하지 않을 수 없다.

미술관을 나오는 길, 계단을 향하는데 황소 떼 같은 사람들이 우르르 몰려들었다. 당황한 나는 벽에 바짝 붙어 그 거대한 무리를 피했다.

'단체 입장인가? 그러기엔 사람이 너무 많은데.'

계단 아래를 살펴보니 사람들이 끝없이 밀려들고 있었다. 관람을 마치고 간신히 미술관을 벗어난 나는 입구 앞에서 표지판을 들고 있는 경비원을 발견했다. 그제야 오늘이 금요일이라는 걸 깨달았다.

'아, 무료입장하는 날이었구나.'

뉴욕현대미술관은 매주 금요일 4시부터 8시까지 무료입장이다. 나는 여전히 미술관 앞에서 기다리는 사람들을 보며 안도의 한숨을 쉬었다. 일찍 온 것이 천만다행이었다.

The Museum of Modern Art

Photo ©2006 Timothy Hursley

뉴욕 미술관 무료입장 & 자유지불

뉴욕에는 내로라하는 미술관과 박물관이 많지만, 단점이 있다면 입장료가 꽤 비싼 편이다. 유럽처럼 학생과 예술인은 무료입장이라는 정책도 없다. 값싸게 미술관을 갈 방법은 없는 걸까? 여기 관객이 원하는 만큼 가격을 지불하는 '자유지불pay what you wish'이나 무료입장이 있는 곳들을 정리했다.

Tip.1

뉴욕현대미술관
Museum of Modern Art

주소	11 West 53 Street, New York, NY 10019
관람시간	토~목 10:30am~5:30pm 금 10:30am~8:00pm
무료입장	금 4:00pm~8:00pm
홈페이지	www.moma.org

Tip.2

휘트니미술관
Whitney Museum

주소	99 Gansevoort Street New York, NY 10014
운영시간	일~목 10:30am~6:00pm 금, 토 10:30am~10:00pm
자유지불	금 7:00~10:00pm
홈페이지	whitney.org

Tip.3

구겐하임미술관
Solomon R. Guggenheim Museum

주소	1071 5th Ave, New York, NY 10128
관람시간	월,수,금,일 10:00am~5:45pm 화 10:00am~9:00pm 토 10:00am~7:45pm (목요일 휴관)
자유지불	토 5:00pm~7:45pm
홈페이지	www.guggenheim.org

Tip.4

유대인박물관
Jewish Museum

주소	1109 5th Ave at 92nd St New York, NY 10128
관람시간	금~화 11:00am~5:45pm 목 11:00am~8:00pm (수요일 휴관)
자유지불	목 5:00pm~8:00pm
홈페이지	thejewishmuseum.org

뉴욕이라는 자유
자유의 여신상

뉴요커들이 자유의 여신상을 방문하는 것은 지인이나 가족이 놀러 왔을 때뿐이다. 마치 서울 토박이가 남산타워에 갈 일이 없는 것처럼.

뉴욕에서의 첫 겨울, 사촌 동생이 방학을 맞아 뉴욕으로 놀러 왔다. 당연한 수순처럼 우리는 자유의 여신상이 있는 리버티섬에 가기 위해 항구로 향했다. 지하철역에서 내리자마자 페리 티켓을 파는 사람들이 여기저기에 있었다. 그들은 동양인인 나와 사촌 동생에게 금세 몰려들었다.

"언니, 가격 괜찮아 보이는데 여기서 살까?"

판매원의 말에 맞장구쳐주던 동생이 내게 한국말로 소곤거렸다. 나는 의심쩍은 마음에 입을 열었다.

"자유의 여신상 공식 판매원 맞아요?"

"응, 맞아! 여기보다 싼 곳 없어."

그러면서 그는 조금 떨어진 곳에서 다른 동양인 여성들과 흥정을 벌이고 있는 판매원을 가리켰다.

"저것 봐. 저 사람들도 우리한테서 사잖아."

그의 말대로 그녀들도 똑같은 판매원에게서 티켓을 구매하고 대기 장소로 가는 듯했다. 해외에 오래 살다 보니 의심병만 많아진 나는 예의 바르게 웃으며 말했다.

"미안, 우리 어디 좀 가야 해서 이따가 다시 올게."

"어디? 이러다가 페리 놓쳐!"

"괜찮아. 다음 것 타면 되지."

나는 사촌 동생을 데리고 서둘러 자리를 피했다.

"티켓 안 사, 언니?"

"좀 의심스러워. 직접 창구에 가서 사자."

아메리칸 드림을 꿈꾸며
배를 타고 들어오던 이민자들이
처음 마주했을 자유의 여신상.

처음 와보는 터라 조금 헤맸지만 우리는 자유의 여신상 공식 항구에 도착할 수 있었다. 항구 중앙에 있는 동그란 창구에서 티켓 두 장을 달라고 했다. 친절한 직원이 가격을 말해주는 순간, 우리는 놀라서 입을 떡 벌렸다.

"왜 이렇게 싸!"

"가격이 이상해?"

직원은 우리의 표정이 재밌는지 작게 웃음을 터뜨렸다.

"바깥에서 이것보다 두 배 높은 가격으로 팔던 판매원들이 있었거든."

"오, 그 사람들은 공식 판매원이 아니야. 사설 페리를 운영하는 곳에서 고용한 사람들일 거야."

동생과 나는 기가 막혀서 서로의 얼굴을 쳐다봤다. 사실 내가 놀란 이유는 하나 더 있었다. 여기에 오기 전 온라인으로 가격을 확인했는데, 패키지 가격만 나와 있어서 너무 비쌌다. 미리 사려다가 혹시 창구에 좀 더 저렴한 티켓이 있을지도 모른다는 마음으로 그냥 왔는데, 아니나 다를까 창구에서는 온라인에서 찾을 수 없었던 값싼 티켓을 팔고 있었다. 여행객들이 혹시나 티켓이 매진될까봐 온라인으로 예매하는 심리를 노린 것이다. 여기저기서 벌어지는 관광객을 노리는 상술에 혀를 내두를 수밖에 없었다.

드디어 섬에 도착한 우리는 천천히 거닐기 시작했다. 대충 섬을 둘러보고 자유의 여신상 앞에서 사진을 찍고 기념품까지 구경하고 나니 더 할 것이 없었다. 여신상 안으로 들어가는 티켓은 사지 않았지만, 어차피 공사 중이어서 들어가 볼 수도 없었다.

'생각보다 볼 건 없네.'

나는 자유의 여신상을 올려다보았다. 너무 가까이 있으니 거대한 석상은 카메라 앵글에 잘 들어오지도 않았고, 멀리서 바라봤을 때 느껴지던 감격도 없었다. 특히 여기 들어오기 전의 해프닝 때문일까, 그녀가 상징하는 자유라는 의미마저 관광의 상술에 퇴색된 것처럼 느껴졌다.

'역시 자유의 여신상은 멀리서 봐야 멋있는 것 같아.'

가까이서 보는 것보다 뉴욕 도시와 바다를 배경으로 고고하게 횃불을 들고 있는 여신상이 좀 더 존재의 의미에 들어맞는 이미지인 것 같았다.

나에게 자유의 여신상은 곧 영화 〈타이타닉 Titanic〉이었다. 영화 후반부에 주인공 로즈가 구조선을 타고 뉴욕으로 들어오면서 자유의 여신상을 올려다보는 장면이 있다. 영화의 배경이 된 20세기 초 뉴욕은 이민자들에게 있어서 새 인생을 향한 항해의 도착지이자, 처음 마주하는 미국의 도시였다. 그리고 리버티섬에 세워진 자유의 여신상은 무엇보다 그들을 가장 먼저 반기는 존재였다. 정식 명칭은 '세계를 비치는 자유 Liberty Lightning the World'로, 1886년에 프랑스가 미국의 독립 100주년을 기념하여 준 선물이다.

뉴욕은 어떻게 자유를 상징하는 도시가 되었을까? 여전히 노예제도가 만연하던 시절, 미국 전 지역에 '뉴욕에는 새로운 삶이 있고 노예에게도 자유를 준다'는 말이 퍼졌다. 그래서 많은 흑인이 자신을 혹사하는 주인으로부터 도망쳐 뉴욕으로 왔다.

자유와 해방을 갈망했던 건 예술가도 마찬가지다. 13세기부터 16세기까지 예술을 주도한 나라는 이탈리아였다. 당시의 최고 권력은 종교였으며 그 권력을 지닌 자, 즉 교황이 사는 작은 나라 바티칸이 바로 그곳에 있었기 때문이다. '종교'라는 막강한 힘을 바탕으로 이탈리아는 르네상스와 바로크, 로코코에 이르기까지 예술을 꽃피웠다. 이후 18세기 산업 혁명과 프

배를 타고 바라보는
맨해튼 전경

랑스 혁명을 계기로 권력의 흐름은 영국과 프랑스로 넘어간다. 식민지 무역을 통해 자본을 형성한 영국과 프랑스는 자본을 기반으로 문화적 토대를 마련했고, 특히 문화 혁명이 많이 일어났던 파리가 19세기 말까지 예술의 도시로 성행했다.

서유럽이 쥐고 있던 막강한 권력을 깨트린 것은 두 번에 걸친 세계 대전이었다. 1차 세계 대전을 통해 유럽에 간신히 남아 있던 왕권은 완전히 무너졌고, 얼마 되지 않아 다시 터진 2차 세계 대전에서는 유럽 대부분의 도시가 황폐화 되었다. 게다가 식민지를 포기하면서 자본력도 약해졌다. 그 틈을 타 미국은 세계리더로 떠올랐다. 미국은 노예제도와 고립주의를 통해 자신만의 부를 쌓았고, 유럽에 비하면 비교적 전쟁의 피해가 적은 편이었다. 전 세계의 많은 사람이 '아메리칸 드림'을 꿈꾸며 미국으로 이주했다. 그 안에 예술가들도 있었다.

20세기 세계 흐름을 주도하는 권력이 영국과 프랑스에서 미국으로 이동하면서, 자연스럽게 예술의 주도권도 미국, 그중에서도 특히 뉴욕으로 이동하게 된다. 잭슨 폴록Jackson Pollock, 앤디 워홀Andy Warhol, 장 미셸 바스키아Jean Michel Basquiat와 같은 스타 작가들이 뉴욕에 등장하기 시작한 것도 같은 이유다.

뉴욕이 유럽에서 가까운 항구도시라는 점도 한몫했다. 비행기가 민간인에게 공급되지 않았던 시절, 이민자가 미국에 들어올 수 있는 수단은 배가 유일했다. 상상해 보라. 전 세계에서 온 다양한 인종이 교류하고, 수출입이 자유롭고, 무엇보다 유럽에서 수입한 많은 미술품이 이곳에 모였다. 〈타이타닉〉에서도 예술에 관심이 많은 로즈가 모네, 피카소, 르누아르 같은 유럽 대가의 작품을 배에 싣는 장면을 깨알같이 보여준다. 전쟁을 피해, 혹은 아메리칸 드림을 따라 이민한 예술가들은 자신과 비슷한 사람들이 모여 있는 뉴욕에 둥지를 틀었다. 그렇게 시작된 자유로운 예술혼이 여전히 뉴욕을 지배하고 있다.

독립이라는 자유, 아메리칸 드림이라는 꿈과 기회, 민주주의라는 이념…. 우리가 이 여신상을 사랑할 수밖에 없는 이유이다. 그런 고귀한 상징물인데, 아무리 뼛속까지 자본주의의 나라라고 해도 자유의 여신상까지 관광 상품으로 활용해야 했을까.

처음으로 여신상에 가까이 다가간 날, 나는 아이러니하게도 신성한 이념 아래 그 어느 곳보다도 자본주의에 퇴색된 미국의 양면성을 느꼈다. 발견하지 말아야 할 것을 발견한 느낌. 물론 유명 관광지는 상업적인 면이 있을 수밖에 없다. 그러나, 그럼에도 불구하고 깊이 있는 감동으로 오길 잘했다고 느끼게 하는 장소가 있는 반면, 괜히 왔다는 느낌을 들게 하는 장소도 있다. 나에게 자유의 여신상은 후자였다.

뉴요커로 산다는 것

뉴욕 입성이라는 계획을 성공적으로 마쳤으니,

이제 이곳에서 어떻게 먹고 살지 세부적인 계획이 필요했다.

당시 나에겐 1년이라는 시간밖에 없었다.

이 시한부 선고 같은 기간 동안 나는 무엇을 해야 할까.

내가 무엇 때문에 뉴욕에 왔는지,

1년 후 결국 비자를 받지 못해

한국에 돌아가면 무엇을 가장 후회할지,

그렇게 찬찬히 내 마음을 짚어보니

답은 생각보다 빨리 나왔다.

〈Portrait(flowers)〉 61×61cm Oil and acrylic on canvas 2018 일부

나의 첫 룸메이트
사바나

여느 때와 다름없는 주중의 저녁, 우리는 멍하니 서로의 어깨에 기대 소파에 앉아 있었다. 무슨 일 때문인지 정확히 기억은 나지 않지만 둘 다 피곤했던 것 같다. 졸업 후 첫 일 년은 생각보다 더 많이 힘들었다. 모든 것을 스스로 책임져야 하는 것도, 낯선 뉴욕 생활을 견뎌내는 것도. 우리는 각자의 하루를 보내고 돌아와 저녁마다 말없이 서로에게 기대앉아 쉬곤 했다.

"우리 말년의 노부부 같지 않니?"

문득 사바나가 말했다. 나는 작업을 하던 중이어서 잠옷 위에 페인트가 덕지덕지 묻은 앞치마를 두르고 있었고, 사바나는 샤워를 하고 나온 터라 가운만 달랑 걸치고 있었다. 그런 상태로 아무 말 없이 앉아 있는데도, 서로 옆에 있는 게 자연스럽고 편안했다. 공중에서 시선이 맞닿은 우리는 박장대소했다. 그렇다. 서로의 존재가 당연해질 만큼 우리는 오랜 시간 동고동락하고 있었던 것이다.

대학교 신입생 시절, 사바나와 나는 기숙사 룸메이트로 처음 만났다. 국제

학생은 공식 오리엔테이션 전 비공식 오리엔테이션에도 참석해야 했기 때문에 자국 학생들보다 일주일 먼저 학교에 갔다. 내가 선택한 기숙사는 3인실로, 미국인 여자아이 2명과 배정을 받게 되어서 국제 학생은 나 혼자였다. 덕분에 첫 일주일 동안 넓은 방에서 혼자 지내야 했다. 낮에는 다른 친구들과 함께 정신없이 시간을 보내고, 밤에는 내 룸메이트는 어떤 아이일까 궁금해하며 잠들었다. 이미 SNS로 서로 얼굴도 보고 대화도 나눈 후였지만, 그걸로 그들의 정체에 대한 호기심을 해소하기엔 턱없이 부족했다.

공식 신입생 오리엔테이션이 시작되기 직전의 주말, 그날은 날씨가 무척 맑고 쾌청했다. 나는 친해진 유럽 친구들과 워터택시 투어를 갈 예정이었다. 지갑을 가지러 잠깐 내 방에 들른 나는 방문이 열려 있는 것을 보고 놀랐다. 햇살을 가득 머금은 방 안, 불곰과 다람쥐를 연상시키는 거대한 체구의 남자와 작은 체구의 여자아이가 여행 가방을 펼쳐놓고 대화를 나누고 있었다. 대한민국 평균 키인 나보다 한 뼘 정도 더 작은 여자아이는 나를 보자마자 환하게 웃었다.

"네가 아라구나?"

입가에 환하게 번지는 미소가 눈부셨다. 사바나는 까치발을 들어 짧은 포옹으로 반가움을 표시했다. 어깨춤까지 내려오는 갈색 머리카락과 잿빛이 살짝 물든 파란 눈동자. 하얀 바탕에 푸른 꽃무늬가 촘촘히 박힌 원피스를 입은 그녀는 SNS에서 스카이다이빙을 하는 프로필 사진과 다르게 무척 여성스러웠다.

"여기는 우리 아버지, 숀이야."

"만나서 반갑다."

어느새 웃는 얼굴까지
닮아 버린 사바나와 나,
그리고 반려견 포.

위압적인 덩치와 다르게 그의 미소는 상냥했다. 그는 짐을 어디로 옮겨야 할지 물으며 자신의 반도 안 되는 딸에게 쩔쩔매고 있었다. 곰 같은 아빠와 작고 사랑스러운 딸. 만화에서나 볼 법한 모습에 나는 웃음이 새어 나오는 걸 막을 수 없었다. 우리의 첫 만남은 부드러우면서 강렬했다.

룸메이트로 시작한 우리는 곧 서로에게 소중한 친구가 되었다. 여느 친구 관계가 그렇듯, 함께 웃고 서로의 고민과 상처를 털어놓으면서 관계가 돈독해졌다. 좋은 친구라는 걸 깨닫고, 닮고 싶은 서로의 장점을 발견하고, 서로의 길에 영감을 주고…. 우리는 서서히 서로의 인생에 자리를 잡았고, 기숙사를 나와 함께 살기 시작했다.

"우리 졸업하고 뉴욕에 갈까?"

처음 뉴욕에 관해 이야기가 나온 건 2학년 때였다. 졸업 후 미국에 계속 남을 수 있을지 확신할 순 없었지만, 졸업하고 OPTOptional Practical Training, 선택적 현장 실습를 신청하면 1년 정도는 더 체류할 수 있었다.

"그거 좋은 생각이다!"

그때 호기롭게 한 약속으로 나중에 우리가 얼마나 고생했는지 생각해 보면, 참 안이한 발언이었다. 그렇게 2년을 함께 산 후, 나는 3학년 때 휴학을 하게 되었다. 1년간 한국으로 돌아가야 했기 때문에 사바나와 함께 살던 아파트에서 나올 수밖에 없었다. 내 빈자리는 다행히 사바나의 어머니가 채워 주셨다. 복학했을 때 비록 다시 함께 살지는 못했지만, 겨우 한 블록 떨어진 곳에 내가 월세를 구하게 되면서 우리는 여전히 서로의 집을 제 집처럼 드나들었다.

4학년이 되면서 본격적으로 뉴욕행에 대한 이야기가 나왔다. 하지만 졸업 학기는 폭풍처럼 거셌고 우리는 바다 한복판에서 풍랑에 이리저리 치이는 조난자였다. 졸업전시, 아트세일 준비, 4학년 마지막 평가와 작업 촬영 등 빡빡한 일정에 지쳐있었다. 무엇보다 가장 힘든 건 졸업 후 어디로 갈지 결정을 내리지 못한 내 상황이었다. 사바나와 친구 몇 명을 더 모아 뉴욕에 함께 갈 크루까지 짜 놓았다가 계획이 변경되어 파투가 났다.

그즈음 사바나는 제프 쿤스 스튜디오에서 회화 어시스턴트를 구한다는 채용공고를 발견했다. 제프 쿤스Jeff Koons는 '포스트모던 키치의 왕'이라 불리는 미국의 유명 작가다. 현실과 허구를 혼동할 만큼 극사실주의로 대규모 조형 작품을 만든다. 최고의 직장이라고는 할 수 없겠지만, 시급이 짠

미술업계를 생각하면 웬만한 미술 관련 일 중에서 초봉과 복지가 좋은 편이었다. 무엇보다 최고 보스가 미국 미술계의 대표주자 제프 쿤스다. 그의 밑에서 일한다는 건 젊은 예술가에게 좋은 기회였다. 사바나는 곧장 포트폴리오를 보냈고, 비행기를 타고 뉴욕으로 날아가 직접 면접을 볼 만큼 열성을 보였다.미국은 땅이 넓어 다른 도시 출신 지원자는 보통 영상통화로 면접을 보는 경우가 많다. 문제는 스튜디오 측이었다. 그들은 사바나를 마음에 들어 했지만 프로젝트에 바로 투입될 사람을 찾고 있었다. 졸업 학기가 남아 뉴욕에 바로 올 수 없는 사바나는 아쉽게도 채용되지 않았다.

이런저런 이유로 사바나는 졸업하고 고향 애리조나로 돌아갈지 고민하게 됐다. 나 또한 한국으로 돌아갈지 OPT를 신청해 뉴욕에 가야 할지 고민했다. 이 거친 항해의 종착점을 알면 제대로 준비라도 할 수 있을 텐데, 뉴욕에 가겠다고 호언장담하던 모습은 온데간데없이 우리는 길 잃은 양처럼 하루에도 수십 번씩 갈팡질팡했다. 주변 모든 친구들이 그랬다. 자의 혹은 타의로 졸업 직전까지 계획이 수시로 바뀌었다. 초기 뉴욕 크루 중 몇 명은 뉴욕에 가지 않고 시카고에 남기로 했다. 졸업 후 중국으로 가서 영어를 가르치면서 아시아 탐방을 하겠다던 한 친구는 회사가 엉터리 학원이라는 게 밝혀지면서 고향 하와이로 돌아갔다. 또 다른 친구는 특기인 중국어를 살려 '아트넷'이라는 온라인 기반 미술품 경매 회사에 취업해 졸업하자마자 먼저 뉴욕으로 떠났다. 그렇게 친구들 모두 각자의 길을 걷기 시작할 무렵, 뉴욕으로 갈 기회는 급작스럽게 찾아왔다. 그 당시 나는 한국에 돌아가기로 마음을 굳혔다. 한국에서 대학원에 진학할 요량으로 교수님들께 추천서도 다 받아놓은 상황이었다. 그러나 일주일 뒤, 운 좋게 교내 아트세일을 통

우여곡절 끝에 날아 온 뉴욕,
우리의 첫 보금자리.
앞으로 이곳에서 어떤 일들이 펼쳐질까.

해 그림을 여러 점 팔게 되면서 뉴욕에 갈 수 있는 자금이 모였다. 가장 큰 고민이었던 자금 문제가 해결되자 나는 곧바로 계획을 변경했다.

"나 뉴욕 가기로 마음먹었어. 이번엔 진짜로."

내 결심은 사바나가 결정을 내리는 데에도 도움이 된 것 같았다. 마지막까지 고향으로 돌아갈까 고민하던 사바나도 끝내 마음을 굳게 먹고 뉴욕행에 동참하기로 했다. 졸업식을 며칠 앞두고 우리는 본격적인 준비를 시작했다. 나는 뉴욕 소재 미술관 인턴 자리에 닥치는 대로 지원했고 틈틈이 살곳도 알아보았다. 인터넷을 뒤져서 뉴욕시 퀸스의 애스토리아라는 지역에 두 달간 머무를 서블렛sublet, 단기 임대을 구했다. 본격적인 월세 계약은 뉴욕살이에 적응한 뒤 직접 아파트를 보고 하기로 했다.

계약금을 보내고 나서, 사바나와 나는 내 침대에 누워 이런저런 얘기를 나누었다. 앞으로의 계획, 고향에서 부모님이 전하는 이야기들, 걱정되는 것들⋯. 우리는 잠시 대화를 멈추고 가만히 천장을 올려다보았다.

'뉴욕으로 진짜 가는구나.'

기분이 이상했다. 낯선 땅을 밟는다는 건 언제나 새롭지만, 이번엔 조금 달랐다. 시카고에 올 때는 혈혈단신이었는데, 뉴욕에 갈 때는 함께 가는 이가 있다. 새삼 의지 할 수 있는 친구와 함께 이런 도전을 할 수 있다는 게 정말 행복한 일이라는 생각이 들었다.

"네가 있어서 정말 다행이야."

나는 놀라서 사바나를 돌아보았다. 내가 생각하고 있던 말을 사바나가 먼저 한 것이다. 어쩜 우리는 이리 비슷한지. 밀려오는 감동에 '푸흐흐' 이상한 소리를 내며 웃었다.

"응 나도. 네가 있어서 진짜 다행이야."

우리는 서로가 대견하다는 듯 미소를 주고받으며 손을 꼭 마주 잡았다. 뉴욕에서 우리는 어떻게 살아가게 될까.

얼마 후, 뉴욕에 대한 부푼 마음을 안고 졸업식을 올렸다. 여름학기 인턴 때문에 내가 한 달 일찍 뉴욕으로 떠났고, 그다음 사바나가 건너왔다. 그리고 사바나가 뉴욕에 도착한 당일, 반갑게 문을 열어주는 나에게 사바나가 다짜고짜 외쳤다.

"나 내일부터 제프 쿤스 스튜디오에서 일해!"

나는 바로 알아듣지 못하고 눈을 끔벅이다가 곧 기쁨의 비명을 질렀다.

"말도 안 돼! 축하해!"

우리는 현관 앞에서 서로를 부둥켜안고 방방 뛰었다. 예상도 못 했던 소식에 나는 부산스럽게 질문을 쏟아냈다.

"언제 붙은 거야? 왜 말 안 했어?"

"이틀 전에 이메일을 받았어!"

"너무 잘 됐다! 네가 꼭 일하고 싶었던 곳이잖아."

일이 간절했던 사바나는 그들에게 메일로 끊임없이 관심을 표현했던 모양이다. 몇 번의 어긋난 타이밍에도 좌절하지 않고 그들에게 채용 의사를 묻는 메일을 보냈고, 끝내 출근하라는 답변을 받을 수 있었다.

어떻게 여기까지 함께 올 수 있었는지 생각해보면, 참 신기하다. 각각 다른 문화권에서 태어나고 자라 학교에서 정해주는 룸메이트로 우연히 만났고, 더 넓은 곳으로 가자며 함께 뉴욕으로 왔다. 나의 미국 생활은 사바나였다고 말할 수 있을 만큼 사바나는 이곳 생활의 많은 부분을 차지한다. 나는 이 아이에게서 미국의 문화를 배웠고, 미국 사람에게 다가가는 법을 알게 되었으며, 예쁘게 웃는 법 또한 배웠다. 물론 문화 차이로 종종 열띤 토론을 벌이기도 하고, 사소한 일로 싸우고 삐지기도 하지만, 그런 일로 거리를 두거나 헤어지는 일은 없을 거라는 믿음이 우리에겐 있다.

더 오래 알아 온 친구들은 많지만, 이렇게 깊은 곳까지 내 삶 속으로 들어온 친구는 지금껏 없었다. 사바나는 나에게 있어 많은 역할을 하는 친구다. 스튜디오를 함께 쓰는 동료 작가이고, 마음을 나누는 소울메이트이며, 내가 처음 사귄 미국인 친구이고, 방귀를 뀌어도 전혀 부끄럽지 않은 룸메이트다. 사바나가 없었다면, 내 미국 생활은 분명 달랐을 것이다. 아마 뉴욕에 올 생각도 못 하지 않았을까. 왔더라도 외롭고 힘들어서 결국 한국으로 돌아가지 않았을까.

우리의 뉴욕살이는, 그렇게 시작되었다.

아파트 소동

"계약할게요."

브루클린 브쉬윅의 어느 주택형 아파트 3층. 보수 공사가 거의 끝나가는 아파트를 둘러본 나는 망설임 없이 말했다. 매니지먼트 직원은 반색하며 계약 절차를 설명해주었다. 나는 곧장 사바나와 새 룸메이트로 들어올 예정이었던 다른 친구에게 집을 소개했다. 다들 만족한 눈치였다. 며칠 뒤, 그들과 함께 필요한 서류를 들고 다시 아파트를 찾은 나는 넓은 거실을 보며 내 결정이 틀리지 않았다는 걸 확신했다.

'이 정도 거실이라면 충분히 작업할 수 있어!'

어느새 애스토리아 단기 임대가 끝나고 새 집을 구해야 하는 시기가 오고 있었다. 사바나와 나는 작업실로 쓸 수 있을 만큼 큰 거실이 있는 아파트로 이사 계획을 세우고 있었다.

뉴욕은 월세가 비쌌다. 거기에 브로커중개업자 비용을 집주인에게 받지 않고 세입자에게 받았다. 한국처럼 전세나 반전세의 개념이 없기 때문에,

보증금은 무조건 월세와 같은 가격, 브로커 비용은 한 달 월세와 같거나 더 비쌌다. 그래서 브로커 비용을 받지 않는 집 위주로 찾으려면 선택지는 매우 협소해졌다.

룸메이트가 많을수록 월세를 더 많이 나눌 수 있기 때문에 우리는 방 3개짜리 집을 얻어 룸메이트 한 명을 더 구하기로 했다. 브로커 비용을 받지 않고 도보 10분 이내에 지하철이 있으며, 방 3개 이상의 비교적 값싸고 면적이 넓은 집. 작업을 해야 하니 거실에 환기를 위한 창문은 필수고, 캔버스를 걸기 위한 하얀 벽이 많고, 월세를 공평히 나눌 수 있게 방의 크기가 최대한 균등한 곳. 개 한 마리를 키우고 있는 사바나를 위해 반려견을 허락하는 곳. 그것이 우리의 조건이었고 이 아파트는 완벽하진 않아도 그 조건에 최대한 부합하는 곳이었다.

뉴욕은 임대 계약 절차도 꽤 까다로웠다. 금전 문제로 월세를 못 내는 사람들이 많아서 집주인도 까다롭게 세입자를 골랐다. 집주인마다 요구하는 내용은 조금씩 다르지만, 공통으로 요구하는 것은 주로 신용점수, 연봉, 통장 잔액이었다. 그래서 직장이 없고 신용을 쌓을 기회가 부족한 학생특히 유학생이나 사회초년생, 외국인에겐 많이 불리했다. 이런 경우 미국 시민권이나 영주권을 지닌 보증인과 함께 계약하거나, 몇 달 치 월세를 한꺼번에 미리 내야 했다. 외국인이고, 프리랜서면서, 미국에 연고가 없는 내게는 당연히 월세 계약이 쉽지 않았다. 물론 이미 계약이 되어 있는 집에 룸메이트로 들어가는 방법도 있었지만, 두 사람과 개 한 마리를 동시에 받아줄 집은 없었다. 아마 그랬다면 거실에서 작업할 수도 없었을 것이다. 게다가 우리는 뉴욕에서 의지할 사람이 서로뿐이라, 떨어져 사는 건 생각도 할 수 없었다.

넓은 거실이 마음에 들었던 우리집.
왼쪽이 사바나의 작업 자리,
오른쪽이 내 자리다.

다행히 미국인인 사바나와 새 룸메이트가 각자의 아버지를 보증인으로 세워 나는 신용점수와 신분 검증만으로 무사히 계약서에 이름을 올릴 수 있었다. 사바나와 내가 새 룸메이트로 초대한 사람은 우리와 동갑인 커플, 조던과 블린다였다. 미국은 동거가 흔했다. 특히 물가가 워낙 비싼 뉴욕에서는 기반이 어느 정도 잡힐 때까지 방이 많은 집에서 여러 룸메이트와 함께 사는 모습을 종종 볼 수 있다. 비록 커플과 룸메이트를 해선 안 된다는 말을 주변에서 듣긴 했지만, 이때 당시에는 세입자는 많고 시장에 나온 집은 없는 '월세 전쟁' 시즌이었다. 마침 집도 방 3개에 욕실 2개였고, 무엇보다 우리는 전쟁에서 살아남는 것이 우선이었다. 그들에게 가장 큰방과 그 옆의 욕실을 내어주고 남은 방과 욕실을 우리끼리 나눠 쓰기로 했다.

계약한 집의 보수가 마무리 되어갈 때쯤, 입주 날짜만 기다리고 있던 우리는 짐을 미리 갖다 놓기 위해 아파트를 다시 방문했다. 아침에 소나기가 내렸지만 비가 그쳐서 정해진 시간에 움직일 수 있었다. 방문을 연 나는 소스라치게 놀랐다. 창문이 있는 천장 밑바닥이 흥건하게 젖어 있었다. 비가 그친 후였지만 바닥에 남은 물기와 젖어있는 천장만으로도 물이 샌다는 걸 금방 알 수 있었다. 생각도 못한 일에 우두망찰했다. 한국에서 빌라, 아파트, 지하 단칸방, 주택 등 다양한 곳에 살아봤지만, 비가 새는 건 난생처음 겪는 일이었다. 나는 당장 관리자에게 전화해 입주 전까지 꼭 고쳐놓겠다는 약속을 받아냈다.

"괜찮을까."

내가 걱정스럽게 쳐다보자 사바나가 어깨를 토닥였다.

"고친다고 했으니까 고쳐주겠지. 계약서에도 책임진다고 쓰여 있잖아."

"지금이라도 알게 돼서 다행이다."

"그래, 자다가 갑자기 침대 위로 물이 떨어진다고 생각해봐."

우리는 긍정적으로 생각하기로 했다. 그러나 누가 알았을까. 그것은 시작에 불과했다.

"아니, 냉장고를 아직도 안 갖다 놓으면 어떻게 해?"

우리의 새 룸메이트, 조던은 매니지먼트에 전화해 소리쳤다.

"입주일은 어제였잖아. 욕실 보니까 타일도 아직 다 안 깔려 있다고!"

"어? 아직 안 깔려 있어?"

"그걸 말이라고 해?"

그의 말대로 입주일은 어제였고 우리는 이사를 끝냈다. 그러나 문제는 집이었다. 큼지막한 공사는 다 끝냈지만 자잘한 보수공사가 완성되지 않은 것이다. 욕실에 한두 칸 빠진 타일, 물탱크 설치, 에어컨 설치로 벽에 나 있는 구멍 메꾸기 등 비전문가인 내가 봐도 사소한 작업이었다. 사소하지만 세입자에겐 정말 불편한 문제들. 더 답답한 건 말만 알겠다고 하는 집주인과 매니저 측이었다. 하루면 충분히 끝낼 정도의 보수 공사를 왜 이리 미루는 건지 우리로선 이해할 수가 없었다. 수리공에게 연락해서 내일 당장 끝내기로 약속을 받아낸 조던은 전화를 끊었다. 그는 한숨을 푹 내쉬며 고개를 가로저었다.

"솔직히 이런 것들 금방 할 수 있는 거잖아. 그런데 왜 미루는 거야?"

"자잘한 것들이어서 더 짜증 나."

"그냥 우리가 고치면 또 억울하잖아."

조던은 말을 덧붙였다.

"그래서 집주인한테 직접 따지겠다고 했어. 처음에는 안 된다고 하더니 내가 정말 화났다는 걸 아니까 집주인에게 물어보겠대."

그 당시 우리는 뉴욕의 사정을 몰라도 너무 몰랐다. 브루클린 일대는 유대인이 장악하고 있다고 해도 과언이 아니다. 건물 소유주의 대부분이 정통 보수파 유대인으로, 그들은 브루클린에 그들만의 커뮤니티를 형성하여 살고 있었다. 길을 걷다 보면 키파를 쓰거나 검은 모자에 검은 코트를 입은 남자 유대인들과 정숙한 복장에 단발머리 가발을 쓴 여성들을 많이 볼 수 있다. 브루클린에 와서 나는 그들의 커뮤니티가 상당히 체계적이라는 걸 깨달았다. 예를 들어 이곳은 집주인이 집을 직접 관리하지 않는다. 그들은 자신이 속한 커뮤니티에서 만든 자산 관리 매니지먼트에 공사부터 세입자 관리까지 모든 것들을 맡겼다. 매니저의 책임이 막중하다 보니 집주인이 자신이 얘기하겠다고 직접 나서지 않는 이상 세입자는 집주인과 연락이 닿거나 마주하는 일이 없었다.

"아무튼 조던, 네가 수고가 많아. 우리가 전화하면 안 받거나 빨리 대화

추억 가득한 사진과
관리비 고지서가 잔뜩 붙어 있는 냉장고

를 끊으려고 해서."

사바나는 자신이 할 일이 없다는 것이 조금 언짢아 보였다. 정통 보수파 유대인 남성들은 자신의 반려자를 제외한 다른 여자들과 몸이 닿는 것을 금하고 있어서 악수조차 하지 않았다. 아예 눈길도 마주치지 않아서, 어쩌다가 대화를 하게 되면 그들의 시선이 내 눈이 아닌 얼굴 언저리에 놓여 있다는 걸 종종 느낄 수 있다. 남자 유대인들로만 이루어져 있는 매니지먼트 측은 당연히 사바나와 내가 아닌 조던과 대화하는 걸 선호했다.

"날 싫어해서 그런 게 아니라 전통 때문이라는 건 알지만, 여자로선 가끔 불공정하다고 느껴."

"보수적인 사람들이니까."

우리는 고개를 끄덕였다. 이때쯤부터 난 서서히 지붕 수리가 걱정되기 시작했다. 분명 고쳤다고 했는데, 안 고쳐져 있는 거 아니야?

그리고 몇 주 후, 내 불안감은 현실이 되었다. 새벽 다섯 시를 향하던 어느 날 밤, 비가 뚝뚝 떨어지는 소리에 난 기겁을 하며 침대에서 일어났다. 혹시 몰라서 비가 새지 않은 부분에 침대를 놓았던 것이 천만다행이었다. 나는 유리병 세 개를 빗물이 새는 곳에 놓고 매니저에게 문자를 보냈다. 난 생처음 겪는 일에 화가 났다. 겉모습은 멀쩡한데 비가 새는 집이라니.

"어떡하니, 비 새는 거 원래 고치기 힘들어."

소식을 들은 엄마는 혀를 끌끌 찼다.

"그러게, 그런 건 꼼꼼하게 확인하고 들어갔어야지."

"설마 보수 공사까지 한 집에서 비가 샐지 누가 알았겠어…."

결론은 엄마의 말이 맞았다. 비가 새는 상황은 무려 2년이나 지속됐다.

"으악, 안돼!"

열차 밖으로 우중충한 먹구름이 쌓이더니 곧 엄청난 소나기가 내렸다. 맨해튼에서 볼일을 마치고 집으로 가는 중이었던 나는 역에서 내리자마자 우산을 펴고 전속력으로 집으로 달렸다.

"이럴 줄 알았어!"

가쁜 숨을 내쉬며 방문을 연 나는 흥건히 젖은 마룻바닥을 보며 망연자실했다. 오늘도 천장에서 빗물이 샜다. 재빨리 부엌에서 유리병과 그릇을 가져와 비가 떨어지는 자리에 두었다. 빗물과 도자기가 부딪히는 영롱한 소리를 들으며 짜증이 한껏 솟은 손길로 마룻바닥을 닦아냈다.

"비가 또 새. 지난번에 고쳤다며! 도대체 이게 몇 번째야."

나는 휴대폰으로 아파트 매니저에게 분노의 문자를 보냈다. 그도 걱정하긴 했는지 평소답지 않게 답장이 빨랐다.

"미안해. 수리공 정말 왔다 갔었어. 나도 정말 답답해. 다시 연락해 볼게."

나는 신음을 흘리며 의자에 풀썩 주저앉았다. 원망스러운 눈길로 천장에 달린 창문을 쳐다봤다.

이사할 때부터 비가 샜던 천장은 수리한 뒤 첫 몇 달간 괜찮은가 싶더니 다시 말썽을 부렸다. 고쳤다 싶으면 다시 새고, 또다시 새고, 그것이 반복되면서 어느덧 2년이 지났다. 가벼운 비가 내릴 때는 새지 않지만, 소나기나 태풍이 불면 어김없이 비가 샜다. 최근에는 간신히 막은 줄 알았던 구멍 몇 개가 다시 뚫리면서 창문 모서리 세 군데에서 빗물이 떨어졌다. 이사할 때만 해도 깨끗했던 창문 주변은, 페인트 껍데기가 너덜너덜해지고 임시방편으로 붙여 놓은 테이프 때문에 더럽게 변색되고 말았다.

사바나가 키우는 식물들.
창가에 놓인 화분 몇 개가
집 전체의 분위기를 바꾼다.

작업의 원천인 작업 책상.
아무렇게나 어질러진 듯 보여도
나름의 규칙이 있다.

"벌써 2년이야. 비 새는 거 어떻게 할 거야?"

"우리가 아무것도 안 한 게 아니잖아. 이번에는 지붕을 전부 고무판으로 교체할 생각이야. 그럼 아무 일도 없을 거야."

"그걸 왜 지금에서야 하는 거야? 진작 하면 좋았잖아!"

"나도 몰랐어. 지붕 수리사가 최후의 방법으로 하자고 제안한 거야."

비 새는 문제가 이토록 오래 지속될 줄 누가 알았을까. 이 답답한 매니저와 전화기 너머로 실랑이한 지도 벌써 2년이라니. 초반에 조던이랑만 통화하던 그는 내가 계속 문자를 보내고 전화를 하자 어느 순간부터 내 전화를 받기 시작했다. 아마 조던을 통해 이야기하는 것보다 나와 바로 연락하는 게 효율적이라는 걸 깨달았을 것이다. 비가 새는 건 분명 짜증 나는 일이지만, 이 집과는 미운 정 고운 정이 든 사이였다.

"알았어. 사바나랑 나 올해 계약 연장하기로 한 거 기억하지? 새로 쓰는 계약서에 비가 한 번 더 새면 월세 깎아주겠다는 조항을 넣어주면 좋겠어."

"좋아. 얼마 생각하고 있는데?"

"400."

"너무 많아. 150."

"2년 동안 겪은 내 고통도 생각해 줘야지. 300. 그 이하는 안 돼."

숫자로 티격태격하던 우리는 결국 비가 다시 새면 월세 250불을 깎는 것으로 합의했다. 어차피 그 정도 가격을 예상했던 나는 만족스럽게 그가 메일로 보낸 계약서에 사바나와 함께 사인했다. 어이없게도, 그 후로 정말 비는 단 한 번도 새지 않았다. 정말이지 우리가 게으른 매니지먼트를 만난 건 틀림없다.

• 동네 뉴요커가 알려주는 방 구하기 노하우 •

뉴욕에서 월세 계약은 외국인에게 너무 까다롭다. 1년 이상 뉴욕에 머물 예정이 아니라면, 일반 숙소를 구하는 걸 추천한다. 뉴욕은 세계에서 관광객이 가장 많이 찾는 도시 중 하나다. 이곳에서 숙박업을 하는 지인의 말에 따르면 6월 말부터 8월은 여름방학을 맞아 관광객과 인턴을 하러 오는 학생들로 성수기, 1월 말부터 3월은 비수기, 12월 말부터 1월 초는 크리스마스 시즌으로 초토화라고 한다. 만약 여행 날짜가 성수기에 껴 있다면 숙소는 미루지 말고 최대한 빨리 잡는 것이 중요하다.

❶ 에어비앤비(Airbnb.com)

에어비앤비는 실제 현지인 '호스트(집주인)'가 사는 공간에 여행객이 돈을 지불하고 투숙을 하는 '남는 방' 서비스라고 할 수 있다. 뉴요커의 생활을 체험하고 실제 집에 머무는 듯한 기분을 느끼고 싶다면 에어비앤비를 추천한다. 에어비앤비 운영을 위해선 리뷰가 중요하기 때문에 요즘 호스트들은 호텔 못지않은 서비스를 제공한다. 물론 영어를 써야 하고 다른 사람들과 공간을 공유해야 한다는 단점이 있지만, 선택사항에 따라 집 전체를 빌릴 수도 있기 때문에 단체나 가족 단위의 여행객이 이용하기에 좋다. 호스트마다 제공하는 서비스와 가격, 인테리어와 위치가 다르므로 리뷰와 정보를 꼼꼼히 읽어보고 골라야 한다.

❷ 호텔

땅값이 비싼 뉴욕은 호텔 가격이 만만찮다. 그래도 짧은 여정이라면 호텔에 머무는 것이 가장 마음 편할 것이다. 가격은 지역에 따라 천차만별이다. 맨해튼 주변은 기본 100불 이상이며 시내 중심으로 갈수록 가격은 더 올라간다. 혼자 머물기엔 부담스러운 가격이지만 2~4인이 함께 머문다면 생각 외로 괜찮다.

❸ 한인 민박

뉴욕에는 많은 한국인이 이주해서 살고 있다. 한국인이 운영하는 민박집도 많기 때문에 언어소통에 문제가 없는 곳을 원한다면 한인 민박을 적극 추천한다. 주로 인터넷 카페나 블로그를 통해 고르지만, 요즘엔 이런 한인 민박을 모아둔 웹사이트(www.hanitel.com)도 따로 있다. 사진은 신뢰하지 말고 참고만 할 것. 후기와 평점을 꼼꼼히 살피고 고르도록 하자.

❹ 서블렛(단기 임대)

1개월에서 3개월 사이 머무는 집을 구할 때 용이하다. 보통 여름 시즌에 많이 찾을 수 있는데, 여름을 맞아 여행을 떠나는 사람들이 자신이 살던 방을 단기로 잠시 내놓는 경우가 많기 때문이다. 서블렛의 좋은 점은 원래 살던 사람의 집세를 내는 것이기 때문에 민박이나 호텔보다 훨씬 저렴하다. 뉴욕에선 주로 지인을 통해 구하거나 웹사이트를 통해 알아본다. 뉴요커들이 자주 쓰는 웹사이트는 다음과 같다.

크레이그리스트 (newyork.craigslist.org)

이미 너무 유명한 미국판 '중고나라' 웹사이트다. 물건뿐 아니라 부동산 임대에 관한 정보도 많이 올라와 있다. Housing ▷ Sublet/Temporary로 들어가면 단기 임대 포스팅을 볼 수 있다.

헤이코리안 (www.heykorea.com)

한인들을 위한 크레이그리스트라고 생각하면 된다. 주로 룸메이트나 서블렛으로 한국인을 선호하는 사람들이 주로 찾는다. 홈페이지 카테고리 중 Housing에 들어가면 다양한 정보를 찾을 수 있다.

집시 하우징 (www.facebook.com/groups/NYC.BK.Apartments)

집시 하우징은 웹사이트가 아닌 페이스북 페이지로, 젊은 사람들이 애용한다. 룸메이트나 서블렛, 장기 임대를 구하는 포스팅이 많이 올라온다. 이곳의 장점은 포스팅을 올리는 사람의 프로필을 확인할 수 있고 페이스북 다이렉트 메시지를 통해 직접적인 연락처 교환이 없이도 대화가 가능하다는 점이다. 맘에 드는 곳을 발견했다면, 포스팅을 올린 사람에게 자신은 어디서 왔고, 왜 뉴욕에 오는지, 무엇을 하는 사람인지 등 간단한 자기소개와 함께 메시지를 보내는 것이 좋다. 집주인이 당신을 맘에 들어 한다면 아파트를 확인할 수 있게 집 주소를 주거나 영상통화로 집을 확인을 할 수 있게 스케줄을 잡을 것이다.

뉴저지(New Jersey)에 머물러도 될까요?

숙소를 검색하다 보면 뉴욕이 아닌 뉴저지에 위치한 숙소를 심심찮게 찾을 수 있다. 뉴욕과 뉴저지는 허드슨강을 사이에 둔 전혀 다른 주이다. 보통 이곳에 있는 숙소의 가격이 싼 편이고 다리만 건너면 바로 맨해튼이기 때문에 문제가 되지 않는다고 생각 할 수 있다. 이때 숙소의 위치를 꼼꼼히 살피는 것이 중요하다. 숙소에서 뉴욕으로 건너오는 방법이 버스밖에 없다면, 뉴욕에 처음 오는 사람에겐 까다로울 수 있다. 또한 뉴욕은 교통체증이 심각하기 때문에 추천하지 않는다.

뉴욕에 6개월 이상 머물 때 어떻게 하면 좋을까?

- 장기 임대는
되도록 피한다

임대 조건이 까다로운 뉴욕에서 외국인 신분으로 임대를 한다는 것은 하늘의 별 따기이다. 뉴욕에 신분을 보증해 줄 수 있는 사람이 없다면, 서블렛을 여러 번 구하는 것이 좋다. 무엇보다 서블렛은 기간이 짧기 때문에 룸메이트나 집주인과 트러블이 생기거나 집에 문제가 생기더라도 금방 벗어날 수 있다는 이점이 있다.

- 뉴욕 도착 후
직접 발품을 팔자

한국에서 임대를 구해야 한다면 우선 1개월 정도 머물 수 있는 숙소를 구하고, 뉴욕에 도착한 뒤 앞으로 살 곳을 찾는 것이 가장 안전하다. 직접 발품을 팔아 집을 알아보는 것은 만국 공통의 방법이다.

- 어쩔 수 없이 한국에서
구해야 할 경우,
영상통화를 한다

직접 주인의 얼굴도, 집도 확인하지 못하고 집을 구해야 할 땐, 집주인에게 영상통화를 하고 싶다고 요청하자. 간단한 방법이지만 의외로 효과적이다. 집주인이 사기꾼이 아니라면, 흔쾌히 수락하거나 먼저 요청해올 것이다. 세입자가 사기꾼인지 자기 집을 엉망으로 만들 사람인지 걱정이 되는 건 그쪽도 마찬가지기 때문이다. 그러나 사기꾼이라면 영상통화를 할 수 없는 여러 가지 변명거리를 내놓으면서 빨리 계약서에 사인하고 보증금을 달라고 재촉할 것이다. 아무리 집주인이 자신의 신분증과 집 사진을 수십 장 보내더라도, 영상통화로 직접 대면하고 집을 보기 전까지는 절대 보증금을 먼저 보내면 안 된다. 좋은 조건에 혹하지 말고 진짜와 가짜를 구별하자.

수요일의 저주
실패한 면접 이야기

8월 12일 수요일

작품을 만들고 대중에게 보여준다. 그게 내 직업이다. 내가 대학을 졸업하고 처음 깨달은 아이러니는, 이 직업을 유지하기 위해선 부업을 해야 한다는 사실이었다. 온전히 작업에 몰두하면서 동시에 생계도 이어가려면 든든한 컬렉터가 있어야 한다는 수 세기의 전통이 지금 내가 사는 현대 사회에서도 유효하다. 작품으로 먹고사는 전업 작가가 되기 전까지 부업은 필수였고 나는 여전히 부업을 하는 작가다.

'뉴욕 입성'이라는 계획을 성공적으로 마쳤으니, 이제 이곳에서 어떻게 먹고 살지 세부적인 계획이 필요했다. 당시 나에겐 1년이라는 시간밖에 없었다. 나의 신분은 국제학생이었다. 국제학생은 졸업할 때 OPT를 신청할 수 있는데, 서류가 통과되면 1년간의 체류 연장과 취업 허가증을 받을 수 있다. 그 기간 안에 비자 문제를 해결하지 못하면 바로 한국으로 떠나야 한다.

나만 빼고 모두
어디론가 향하고 있는 것 같은
뉴욕의 거리.

이 시한부 선고 같은 기간 동안 나는 무엇을 해야 할까 고민했다. 내가 무엇 때문에 뉴욕에 왔는지, 1년 후 결국 비자를 받지 못해 한국에 돌아가면 무엇을 가장 후회할지, 그렇게 찬찬히 내 마음을 짚어보니 답은 생각보다 빨리 나왔다.

'1년 동안은 돈을 버는 것보다 나에게 궁극적으로 도움이 되는 걸 하고 싶어. 작가로서 경력과 네트워크를 쌓는 데 집중하자.'

나를 알리기 위해선 작품이 필요했고 작품을 만들려면 시간이 필요했다. 난 돈이 부족하더라도 파트타임으로 일하면서 남은 시간에 작품을 더 만들기로 했다. 하지만 생각보다 파트타임 아르바이트를 구하는 일은 쉽지 않았다. OPT로 체류를 연장한 학생은 전공 관련 일만 할 수 있기 때문에 커피숍이나 레스토랑 같은 곳에서는 일할 수 없다. 미술 관련 아르바이트만 찾다 보니 지원할 수 있는 일이 턱없이 부족했다.

학생 신분으로 하고 있던 인턴 생활이 끝나면, 나는 진정한 백수가 된다. 작품을 만들기만 하고 돈은 못 버는 백수. 그 단어가 떠오를 때마다 다시 채용공고 사이트를 뒤졌다. 일이 끊겨도 몇 달간 버틸 수 있게 저축해 둔 돈이 있었지만 내 생명수 같은 돈을 쓰는 상황을 만들기는 싫었다. 타지 생활에서 돈은 HP였다. 게임에서도 HP를 가장 잘 활용하는 캐릭터가 전투에서 이기는 법이다.

'벌써 내 생명수를 쓸 순 없지.'

매일같이 스튜디오 어시스턴트, 미술관과 갤러리 관련 업무 등 새로 올라오는 채용공고를 확인하고 빠짐없이 메일을 보냈다. 그러던 어느 날, 나는 메일 한 통을 받고 비명을 질렀다.

"말도 안 돼!"

메트로폴리탄미술관에서 1차 전화인터뷰를 진행할 예정이라는 메일이 와 있었다. 메트로폴리탄미술관이라니! 뉴욕의 보물창고이자 미국의 3대 미술관 중 가장 큰 미술관이며, 세계적으로 명성 높은 미술관 중 하나였다. 게다가 풀타임이 아니라 파트타임이었다. 비록 방문객을 담당하는 부서에서 시작하는 일이었지만 이곳에서 일할 수 있는 것만으로도 충분했다. 나는 떨리는 마음을 부여 잡고 인터뷰 준비에 돌입했다.

1차 인터뷰는 매우 간단했다. 간단한 인적사항을 확인하고 왜 메트로폴리탄미술관에 지원하게 되었는지, 왜 이 부서에 관심을 가지게 되었는지 통상적인 질문들을 받았다. 5분간의 짧은 대화 후, 인사 담당자는 내가 원하는 답변을 줬다.

"자세한 건 직접 만나서 이야기 나누고 싶어. 오늘 내로 2차 면접 일정을 알려줄게."

전화를 끊은 나는 기쁨의 탭댄스를 췄다.

드디어 2차 면접일이 찾아왔다. 한껏 차려입은 나는 생수로 바짝 마른 목을 축였다. 담당자가 알려준 대로 정문이 아닌 미술교육센터로 가는 문으로 발을 내디뎠다. 주로 정문으로 사람들이 몰리기 때문에 미술관으로 들어가는 길은 비교적 한산했다. 경비원에게 인터뷰를 보러 왔다고 이야기하자, 인터폰으로 어딘가로 연락하더니 벤치에 앉아서 기다리라고 했다.

"아라?"

검은색 캐주얼 정장을 입은 키 큰 여자가 나에게 다가왔다. 그녀는 환하게 웃으며 손을 내밀었다.

"난 에밀리. 만나서 반가워."

짧은 인사를 나누고 안쪽의 문을 열자, 칙칙한 진회색 카펫 바닥으로 된 미로 같은 길이 나왔다. 방문객 담당 부서는 경비 부서와 함께 있었다. 에밀리는 그중 작은 방으로 나를 안내했다. 방 안에는 동료로 보이는 여자직원이 한 명 더 있었다. 인사를 나눈 우리는 마주 보고 앉았다.

인터뷰 질문은 의외로 형식적이었다. 미술관에서 왜 일하고 싶은지, 현재 인턴으로 일하는 퀸스미술관에서는 정확히 어떤 일을 하고 있는지, 규

모가 큰 미술관에서 일한 적은 있는지…. 그들은
내가 다문화 환경에 익숙한 것과 미술관에서 일한
경력이 있다는 것을 높이 사는 것 같았다.

마지막으로 질문이 있느냐는 그들의 말에 다
른 부서와의 교류는 어떤지 물었다. 에밀리는 교
류가 꽤 활발하며 부서 간의 이동도 많은 편이라
고 했다.

"나가기 전에 이 서류를 작성하면 돼."

인터뷰가 끝난 후, 에밀리는 웃으면서 종이와
펜 하나를 넘겼다. 인적사항을 적는 서류였다. 빈
칸을 하나하나 채워가던 나는 중간쯤에서 멈칫했
다. 체류 신분에 관한 질문이었다. 만약 비자로 체
류 중이라면 만료일은 언제인지 묻고 있었다. 나
는 망설였다. 나는 1년밖에 남지 않은 OPT 신분이
었다. 이곳에 내 체류 신분을 솔직하게 적으면 채
용되지 않을 거란 불안감이 들었다. 대부분의 지
원자가 자국민일 텐데, 1년밖에 체류할 수 없는 외
국인을 과연 채용할까.

순간 날짜를 연장해서 적을까 하는 충동이 들
었다. 한참이나 망설이던 나는 쓴웃음을 지었다.
서류를 위조할 수는 없었다. 화기애애했던 면접
분위기를 믿어보기로 했다. 그러나 그 분위기가

세계 3대 미술관 중 하나인
메트로폴리탄미술관에서
일할 수 있을지도 모른다는 생각에
들떴던 며칠.

무색하게, 난 며칠 뒤 채용되지 못했다는 연락을 받았다. 내 자질이 부족했던 거라고 믿기로 했다.

8월 19일 수요일

뉴욕은 전 세계 아티스트가 몰려오는 곳이다. 나처럼 갓 졸업한 사람부터 국제적으로 명성이 자자한 작가까지 다양하다. 유명 작가의 경우, 전 세계 갤러리와 미술관의 러브콜은 물론 컬렉터의 커미션 작업Commission Work, 의뢰를 받아 사전 주문 제작하는 작품을 요청받기도 한다. 모든 작업을 혼자서 감당하기 벅찬 수준이기에 개인적으로 어시스턴트를 고용해 작업량을 채운다. 인프라가 여러 방면으로 넓은 뉴욕은 어시스턴트를 찾기에 최적의 장소이며, 어시스턴트도 고용주를 찾기에 꽤 좋은 조건이라 할 수 있다. 사바나처럼 바로 내 주변만 봐도 유명 작가 밑에서 기반을 다지는 사람들이 있다.

실제로 나도 어시스턴트 면접을 몇 군데 보았는데, 일본 작가 무라카미 다카시村上隆의 카이카이키키 스튜디오KaiKai KiKi Studio가 그중 하나다. 무라카미 다카시는 일본 애니메이션의 영향을 받은 과장된 이미지와 캐릭터를 이용하여 작업한다. 당시 고급미술로 여겨지던 회화와 저급미술로 여겨지던 애니메이션의 경계를 허물고 일본만의 팝아트를 구축해낸 작가로 인정받고 있으며, 현대 미술을 논할 때마다 빠지지 않고 거론되는 작가이다. 그런 국제적인 작가가 어시스턴트를 구한다니, 도전하지 않을 이유가 없었다. 비록 내가 찾던 파트타임이 아니라 풀타임이었지만, 후배 작가로서 그의 스튜디오와 작업 과정이 궁금했고, 일하면서 배울 게 많을 것이라는 생각에 망설임 없이 메일을 보냈다.

얼마 지나지 않아 카이카이키키 스튜디오의 매니저가 답장을 보내왔다. 인터뷰를 제안하기 전 그녀는 조건을 달았다. 미국에서 노동이 허락된 사람만을 받아들인다는 것과 시급은 9불, 야근 시급은 13.5불이라는 것. 이 조건이라도 괜찮다면 인터뷰를 잡아주겠다고 했다. 시간당 9불. 세금을 빼면 내 수중에 들어오는 돈은 7불 정도였다. 한국 돈으로 7천 원이 안 되는 꼴. 뉴욕 미술계의 암묵적인 최저임금이 15불이라는 것과 뉴욕의 비싼 물가를 고려하면 확실히 적은 돈이었다.

유명 작가와 일하기 위해서라면 저임금도 마다하지 않을 어린 작가들이 많다는 걸 잘 알고 있다. 나는 금전적으로 여유 있는 중견작가가 젊은 인력을 착취하는 것을 반대한다. 이러한 풍토를 개선하기 위해선 젊은이들이 꿀 바른 열정페이 제안이 들어와도 당당히 거절할 수 있어야 하고, 그들이 거절 할 수 있도록 사회가 도와줘야 한다고 믿는다. 그러나 막상 내가 그 상황에 처하니 거절하기가 쉽지 않았다. 나는 일거리가 절박했다. 무엇보다 무라카미 다카시의 스튜디오에서 일할 기회를 얻을 수 있다는 사실이 솔깃했다. 망설이던 나는 결국 인터뷰를 잡아달라는 답장을 보냈다.

카이카이키키 스튜디오는 뉴욕시의 자치구 중 하나인 퀸스 지역, 그중에서도 맨해튼과 가까운 롱아일랜드시티에 위치해 있다. 옛날에는 공장 지대였지만 재개발이 진행되면서 고층 빌딩이 많이 들어서고 있는 곳이기도 하다. 오래된 공장을 개조한 건물의 두꺼운 철문을 열자 사방에서 무라카미 다카시의 유명한 캐릭터들이 시선을 사로잡았다. 복도에 붙어 있는 업무 게시판에는 프로젝트 스케줄, 담당자 스케줄, 각 캐릭터의 특징과 컬러

코드가 꼼꼼하게 적혀 있었다. 투박한 콘크리트 외관과 달리 내부는 천장이 높고 하얀색 페인트가 칠해져 있어 깔끔했다.

메일로 먼저 이야기를 나눴던 일본인 매니저가 긴 테이블이 있는 회의 공간으로 나를 안내했다. 불투명한 유리 타일로 된 벽에는 초록색 식물들이 햇빛을 흠뻑 머금고 있었다. 곧 백인 남성 매니저 한 명과 일본인 여성 매니저 두 명이 자리에 앉았다. 가장 먼저 운을 뗀 남자 매니저는 자신들을 소개한 뒤 내 차례라는 듯 손짓했다.

"내 이름은…."

인터뷰가 시작됐다. 나는 내 프로필과 살아온 배경을 간단히 설명했다. 그들은 내 포트폴리오에 대해 몇 가지 질문한 뒤 본격적으로 업무 환경과 조건에 대해 입을 열었다.

"여기서 일하게 되면 앞으로 3개월은 꼬박 빠지지 않고 일할 수 있어야 해. 전시가 11월에 잡혀 있거든. 아마 야근도 많을 거야. 마감 기간에는 주말에 일하는 경우도 있고."

생각보다 매우 빡빡한 스케줄이었다. 누군가가 일을 그만둬서 다른 사람을 찾는 것이 아니라 인력보충을 위한 채용이라고 느껴졌다. 그렇게 된다면 11월까지 내 작업을 할 시간이 아예 없겠군.

"첫 계약은 3개월이야. 마감일까지 함께 작업하고 맘에 들면 정식으로 채용을 하는 거지. 너한테만 요구하는 건 아니야. 스튜디오의 룰이라서 여기에 온 모든 어시스턴트가 똑같이 겪었어."

분명 채용사이트에는 명시되지 않은 말이었다. 모두 공평하게 겪는 일이라고 해도, 계약서에 명시된 3개월이 지난 후 그들의 마음이 바뀌면 나는 바로 무직자가 된다. 3개월 동안 저임금으로 혹사한 뒤 마음에 안 들면 자른단다…. 혹시 재계약 할 때 정상 시급을 주는 걸까.

"3개월 후에 시급 인상을 받을 수 있어?"

"확신할 수 없지만 그때 다시 조율을 해 볼 순 있어."

남자 매니저가 답했다. 왼쪽에 앉아 있던 일본인 여자 매니저가 말을 덧붙였다.

"다 네가 어떻게 하느냐에 따라 달린 거지."

애매한 대답이었다. 앞으로 3개월간 마감일에 맞추기 위해 야근까지 하면서 일할 텐데 그 후에 날 채용할 것인지도, 시급이 인상될 거라는 확신조차 주지 않겠다니. 내 생각을 읽었는지 남자 매니저가 다시 입을 열었다.

"임금은 우리가 정할 수 있는 사안이 아니라서 그래."

미안하다는 듯 쳐다보는 그에게 나는 괜찮다고 하며 웃어 보였다. 그러나 이곳에서 일하는 게 과연 좋은 것인지 고민이 커지는 건 어쩔 수 없었다. 온종일 일해도 비싼 월세를 내고 나면 간신히 목구멍에 풀칠할 정도의 월급, 임금 인상과 재계약에 대한 불확신, 예정된 고된 노동…. 점점 드러나는 악조건에 실망했지만 내색하지 않았다. 채용 공문에는 자세한 걸 명시하지 않고 인터뷰 때 악조건을 얘기해주는 패턴에는 익숙했다.

"일하다 보면 일본에 있는 스튜디오로 반년에서 일년 정도 장기 출장 근무를 할 수도 있어. 그럴 때 자유롭게 움직일 수 있는 여건이 돼?"

딱 하나 마음에 드는 조건이었다.

"물론이지. 아시아 문화에는 익숙해."

"한국인이라고 했었나?"

이런 날 꼭 지하철을 눈앞에서 놓친다.
수요일의 저주인가.

"응."

"학교를 여기서 나왔다고 했지?"

"응, 시카고에서 다녔어."

"신분이 어떻게 돼? 졸업했다고 했지?"

"OPT로 있어. 1년까지는 문제없어."

"음….”

일본 매니저가 안타깝다는 듯 미간을 문질렀다.

"1년이라면 아직 넉넉한 시간이지만, 우리는 가족같이 장기간으로 일할 사람을 구하고 있거든. O비자아티스트 비자를 받을 생각은 있어?"

나는 속으로 씁쓸히 웃었다. 여기서도 내 체류 조건이 문제가 되는구나. 하지만 채용이 안 될 수도 있다고 생각하니 오히려 마음이 놓였다.

"응, 고려해보고 있어. 혹시 나중에 O비자를 받을 때 스튜디오에서 지원해주는 게 있어?"

여자 매니저는 고개를 가로저었다.

"아니. 여기서 일한다고 증명은 해줄 수 있지만 자금적인 지원은 없어. 나도 알아서 O비자를 구하고 이곳에 왔어."

예상했던 대답이었다. 나는 고개를 끄덕이며 알겠다고 했다. 인터뷰는 끝이 났다. 내가 떠나기 전 남자 매니저는 스튜디오 투어를 해주었다. 어시스턴트의 주 작업은 스크린 프린팅을 이용한 판화 작업으로 대규모 전시를 위한 대형 작품부터 아트페어를 위한 소품까지 사이즈가 다양했다. 무라카미 다카시가 이곳에 자주 오냐는 질문에 그는 고개를 가로저었다. 다카시는 미국에 볼일이 있을 때 잠깐 들를 뿐 대부분의 시간을 일본 스튜디오나

LA에서 보낸다고 했다. 투어를 마치고 난 매니저와 악수를 한 뒤 스튜디오를 나왔다.

그 후 난 채용됐다는 연락을 받지 못했다. 예상한 일이었기에 놀라지도, 실망하지도 않았다. 장기간 일할 직원을 찾는다는 말에서 이미 느끼고 있었다. 임금에 대해서 캐묻는 내 태도가 마음에 안 든 걸 수도 있고, 나보다 더 열정적인 사람을 찾은 걸 수도 있다. 그래도 상관없었다. 채용된다 한들 3개월 동안 일하다가 시급이 늘지 않으면 내가 그만뒀을 것이다. 무라카미 다카시의 스튜디오 내부를 본 것만으로 만족하기로 했다.

● 뉴욕에서 미술 관련 아르바이트 구하기 ●

어떤 일이든 그렇겠지만, 특히 예술 관련 일자리를 구할 때는 인맥이 중요하다. 공고를 통해 모르는 사람을 일일이 검증하는 것보다 이미 전문성과 능력이 인정된 사람을 소개 받는 것이 더 효율적이기 때문이다. 그렇다고 낙담할 필요는 없다. 미술 관련 구직 사이트를 통한 공고 도 많은 편이다. 뉴욕에 연줄이 없었던 나와 사바나도 구직 사이트를 수시로 확인하며 이력서 를 넣었다. 실제 우리가 참고했던 사이트를 공개한다.

❶ NYFA 홈페이지 (www.nyfa.org/Jobs)

NYFA(New York Foundation for the Arts)는 이름 그대로 예술을 위한 뉴욕 독립 비영리단체 이다. 1971년에 뉴욕을 기반으로 활동하는 예술가들을 돕기 위해 설립되었다. 웹사이트 상단의 Resources ▷ Classifieds ▷ Jobs로 들어가면 단기 아르바이트, 인턴, 작가 어시스턴트 등 다양 한 예술관련 직업공고를 찾을 수 있다. 사바나도 이 웹사이트를 통해 직장을 구했으며, 나도 여러 시 간제 업무를 이곳에서 찾았다.

❷ 크래그리스트 (newyork.craigslist.org)

크래그리스트는 중고용품과 부동산을 찾을 때만 유용한 게 아니다. 직장을 구할 때도 편리하다. 의외로 주변 사람들에게 물어보면 크래그리스트에 올라온 공고를 통해 일을 구했다는 사람들이 많았다. 홈페 이지에 들어가 Jobs ▷ art/ media/ design 으로 들어가면 예술 관련 직종을 많이 찾을 수 있다.

❸ 스타일커리어스 (stylecareers.com)

패션업계에서 일하는 지인이 추천해준 패션관련 구인 웹사이트. 자신의 이력서도 올릴 수 있고 어 페럴, 주얼리, 리테일 등 분야별로 구인정보를 알아볼 수 있어서 편리하다.

❹ 회사 웹사이트 들어가기

특별히 들어가고 싶은 회사가 있을 때는 희망하는 회사의 리스트를 뽑아놓고, 각 회사 웹사이트에 들어가 구인 공고가 올라오는지 수시로 살핀다. 많은 회사가 홈페이지에 구인 정보를 직접 공지한 다. 이미 희망하는 회사가 있다면 그들의 웹사이트를 꼼꼼히 살펴보자.

참고로, 한국과 미국의 이력서 스타일은 매우 다르다. Linkedin.com(미국의 모든 직장인과 전문가 가 자신의 이력서를 공유하는 사이트)에서 다른 사람들이 어떻게 이력서를 작성했는지 살펴보면 도 움이 될 것이다.

편견의 오류

여러 나라에서 살다 보면 생각지 못했던 부분에 대한 편견을 경험하게 된다. 예를 들면, 체구가 작아서 작은 그림을 그릴 줄 알았다거나, 동양인이어서 수학을 잘할 것이라는 사소한 오해부터 '여성인데 남성적인 작업을 하시네요', '해외에서 오래 산 여자치고 문란하지 않네요'라는 식의 젠더적 오류. '러시아에 살았던 한국인이어서 북한에서 온 줄 알았다', '남한 사람 South Korean인데 왜 본인을 한국 사람Korean이라고 부르냐', '개고기를 당연히 먹어봤겠지' 같은 정치 문화적 오해까지, 다양한 편견을 맞닥뜨리곤 한다.

생각해보면 편견이란 건 의외로 사소하고 흔하다. 이런 질문만 들어보면 질문자가 무식하고 무례하다고 생각할 수 있겠지만, 의외로 그렇지 않다. 몇 개를 제외한 대부분의 질문은 사실 평소에 좋은 친구 혹은 지인이라고 생각했던 아주 평범한 사람들에게서 나온 말이다. 비도덕적인 사람들만 편견을 갖는 게 아니라는 걸 증명하는 셈이다.

우리가 다른 나라, 예를 들면 미국과 일본, 중국에 대한 편견이 있듯이 그들이 우리에게 편견을 가지는 것도 어찌 보면 당연하다. 그러나 유튜브 채널 속 블랙 코미디를 통해 듣는 것과 실생활에서 직면하는 건 기분이 다르다. 그 사람들이 나의 절친한 친구이거나 존경하는 사람이라면 더더욱. 그들의 무지에 답답해하며 나는 절대 편견을 갖지 않겠다고 다짐해도, 결국 나도 편견에서 완전히 벗어날 수 없다는 사실을 뉴욕에 와서 종종 깨닫는다. 나름 10년 가까이 해외 생활을 하면서 꽤 열린 사고를 가지고 있다고 생각했는데, 그 어떤 곳보다 뉴욕에서 지낸 몇 년 동안 깨달은 것이 더 많다.

여느 때처럼 단기 아르바이트를 찾으려 이곳저곳을 들쑤시던 중, 드디어 한 곳에서 연락이 왔다. 맨해튼 어퍼 이스트사이드에 위치한 아트센터로 어린이들에게 미술을 가르치는 곳이었다. 아트센터는 거창한 이름과 달리 규모가 작았다. 서울의 강남 같은 어퍼 이스트사이드의 땅값을 생각하면 당연했다. 문을 열고 들어가니 리셉션에서 인상이 좋은, 특이하게 속눈썹 일부분이 하얀 백인 여자가 자리에서 일어나 인사했다. 메일을 주고받았던 아트센터의 매니저 멜리사였다. 해맑게 웃는 그녀는 내 아이를 이곳에서 가르치면 딱 좋겠다는 생각이 들만큼 인상이 좋았다. 안부를 간략하게 주고받은 그녀는 "폴!" 하고 맨 뒤에 있던 남성을 불렀다.

"지금 갈게."

저 멀리 모퉁이에서 다부진 체격의 남성이 나타났다. 영화 〈엑스맨〉의 울버린을 연상시키는 덥수룩한 검은 머리와 수염, 양팔에 문신이 빼곡한 건장한 체구의 남자가 자기 몸보다 훨씬 작은 앞치마를 두른 채로 멜리사를 향해 걸어왔다.

"이 사람이 아트센터의 원장교사야."

"안녕! 폴이라고 해."

그는 활짝 웃으며 나에게 손을 내밀었다. 나도 덩달아 웃으며 그의 손을 맞잡았다. 내색하지 않았지만 난 속으로 '대박'을 외치며 굉장히 놀랐다. 물론 공공기관이 아니라 학원이지만, 한국에서는 문신에 수염을 기른 선생님이 교육기관에서 일하는 건 보기 드물기 때문이다.

예술계에 있다 보면 문신을 한 사람을 정말 흔하게 볼 수 있다. 사실 뉴욕은 예술계가 아니어도 흔하다. 내 친구들도 문신 하나쯤은 다 갖고 있고, 영구적이기 때문에 신중하게 고르고 싶어서 미루고 있을 뿐, 나 또한 언젠가는 문신을 하고 싶다. 그래서 문신에 대해서 만큼은 전혀 편견이 없다고 생각했었는데, 나도 모르게 '저 큰 문신을 한 사람이 원장이라고?'라는 생각이 들었던 것이다. 큰 문신을 한 사람이 어린이 교육기관에서 일하긴 힘들 거라고, 막연히 생각하고 있었다는 걸 깨달았다.

뉴욕에서는 문신이 폭력의 상징이 전혀 아니다. 한국에서는 한때 조직폭력배들이 자신의 조직을 상징하는 이미지를 몸에 새겨 '문신=폭력'이라는 인식이 생겼지만, 그것도 이제 다 옛말이다. 그런 비슷한 생각 자체가 아시아에만 있는 이미지일 뿐 서양에선 그렇지 않다. 이곳에서 문신이란 개성일 뿐 그 이상 그 이하도 아니었다.

그렇게 인연이 닿게 된 폴은 내 편견이 쓸데없는 생각이었다는 걸 함께 일하는 내내 몸소 보여줬다. 아이들은 폴을 무척 따르고 좋아했다. 사실 아트센터의 실소유주이자 설립자인 진짜 원장이 따로 있는데, 폴의 인기를 이기지 못해 결국 그에게 원장 일을 완전히 일임하고 뒤로 물러나 경영만 맡고 있다고 했다. 학부모들도 폴을 진심으로 신뢰하고 있었다. 그는 나를 포함한 모든 선생님을 존중하고 배려했다. 아트센터의 리더이자 기둥이며, 재치 있고 사려 깊은 사람이었다. 그의 몸에 새겨진 문신은 그의 캐릭터일 뿐이었다.

어느 문화에서 무겁게 여겨지는 것이 다른 문화에서는 개성이 된다. 물론 여기서도 보수적인 사람들은 문신을 꺼리지만, 한국에 비하면 뉴욕은 확실히 사람들의 시선에서 자유로운 편이다. 내가 모르는 나의 편견은 또 뭐가 있을까.

PART3
·················

뉴욕에서 일을 하다

졸업과 동시에 펼쳐질 줄 알았던 뉴욕에서의 멋진 생활.

그러나 뉴욕 생활은 상상과는 한참 거리가 멀었다.

서서히 밑바닥을 드러내는 통장이 그걸 반증했다.

뉴욕은 확실히 비쌌다. 지금껏 부모님이 주신 돈으로

걱정 없이 살았던 나에게 브루클린 방 한 칸의 월세는 매달 목을 옥죄었다.

게다가 순수미술 전공을 한 내가 구할 수 있는 직장은 많지 않았다.

무급 인턴 외에는 외국인인 나를, 심지어 비자 때문에 몇 개월밖에

일할 수 없는 나를 고용하려는 곳도 없었다.

〈Blue Sky〉 61×76cm Oil on canvas 2016 일부

인턴이 그렇지 뭐,

퀸스미술관

뉴욕에 온 첫해 여름, 나는 퀸스미술관에서 인턴으로 일했다. 마지막 학교 수업을 인턴직으로 대체한 것이기에 실제 내 신분은 학생 인턴이었다. 첫 출근은 언제나 떨리는 법이지만, 뉴욕에서 첫 출근은 더 특별했던 것 같다. 고대하던 날의 아침, 알람이 울리기도 전에 눈을 뜬 나는 전날 곱게 개어두었던 검은 바지와 베이지색 드레스 셔츠를 입고 부지런히 점심 도시락을 쌌다.

퀸스미술관은 코로나 파크Flushing Meadows Corona Park에 자리 잡고 있다. 뉴욕은 자치구별로 대표 공원이 있는데, 맨해튼은 센트럴 파크 Central Park, 브루클린은 프로스펙트 파크Prospect Park, 퀸스는 바로 이곳, 코로나 파크이다. 센트럴 파크만큼은 아니지만 이곳도 꽤 큰 편이어서 지하철역에서 미술관까지의 거리가 상당하다. 서울대공원역에서 실제 대공원까지 걸어가는 기분이랄까. '늦잠 자면 무조건 지각이겠구나'라는 생각을 하며 나는 부지런히 발걸음을 옮겼다. 새의 지저귐과 맑은 공기, 푸른 잎

코로나 파크 안에 위치한
퀸스미술관.

사귀가 무성한 하늘, 인적 없는 아침의 공원을 가로지르는 출근길은 그래도 꽤 인상적이었다.

문제는 미술관에 도착했을 때 벌어졌다. 혹시나 출근길을 헤맬까 봐 전날 미리 다녀왔는데, 그때만 해도 분명히 열려 있던 미술관의 문이 닫혀 있는 것이다. 당황한 나는 유리문에 쓰인 미술관의 관람 시간을 확인했다. 개장 시간이 직원의 출근 시간보다 두 시간 늦었다. 게다가 월요일은 휴관일이었다. 상사가 나에게 출근 날짜를 잘못 알려 줬을 리는 없고, 직원들은 분명 안에 있다는 건데 주변을 아무리 살펴봐도 안쪽 사람들과 연락할 만한 인터폰이 없었다.

10분 일찍 도착한 게 천만다행이지, 첫날부터 지각할 수는 없었다. 난 진땀을 흘리며 직원들이 사용하는 문을 찾기 위해 미술관 벽을 따라 걷기 시작했다. 한참을 헤매다가 결국 문을 못 찾겠다고 메일을 보내려는 찰나, 주차장 옆에 있는 작은 오솔길을 발견했다. 혹시나 하는 마음으로 그곳에 발을 내디뎠다. 고속도로로 이어지는 큰 찻길과 그 앞에 'Queens Museum'라는 알파벳이 크게 쓰여 있는 또 다른 문이 나타났다. 사실 공원에 있는 입구는 정문이 아니라 후문이었던 것이다.

문 앞으로 다가간 나는 유리문 안을 살폈다. 안내 데스크에 흑인 남성이 앉아 있었다. 사람이다! 격한 반가움에 유리문을 잡아당겼다. 덜컹, 소리만 나고 문은 열리지 않았다. 문소리에 그가 고개를 들었다. 그의 무심한 눈초리와 당혹스러워하는 나의 시선이 부딪혔고, 그는 옆문을 열라는 제스처를 취했다. 이번엔 쉽게 열렸다. 나는 무안한 미소를 지으며 그에게 다가갔다. 정확히 여덟시 반, 우여곡절 끝에 미술관에 무사히 입장할 수 있었다.

"여기엔 어떻게 왔어?"

"큐레이팅 부서에서 새로 일하게 된 인턴이야."

그가 시키는 대로 방문자 기록에 이름을 적는 사이, 안내원은 인터폰으로 큐레이팅 부서에 내가 왔다는 소식을 알렸다. 오래지 않아 2층에서 중앙아시아계의 여성이 내려왔다. 패턴이 그려진 스커트에 블라우스. 미술관이어서 그런지 복장이 일반 회사원보다 더 캐주얼했다. 자신을 어시스턴트 큐레이터라고 소개한 그녀는 나에게 따라오라고 손짓했다. 함께 복도를 걸어가면서 그녀는 인턴을 구하게 된 상황을 설명했다.

"사실 내가 이번 주까지만 일하게 됐어."

"아, 정말?"

"응, 전근 가는 남편을 따라가게 됐거든. 새 어시스턴트 큐레이터가 올 때까지 네가 큐레이터를 도와주면 돼."

우리는 'STAFF ONLY'라고 적힌 문을 밀고 들어갔다. 공장 창고에서 흔히 들을 수 있는 대형 에어필터 돌아가는 소리가 귀를 강타했다. 복도 한쪽에는 미술품 운반용 크레이트나무상자가 가득했고 구석에는 청소부들이 쓰는 것으로 보이는 널찍한 세면대가 있었다. 복도를 따라 검은 문들이 보였지만 그녀는 가장 앞쪽에 있는 하얀색 비상구로 안내했다. 계단을 올라 2층 문을 열자, 순식간에 기계음이 사라지고 아래층과 분위기가 대조되는 사무실 풍경이 눈앞에 펼쳐졌다. 직원들의 대화 소리와 컴퓨터 자판 소리가 파티션 너머로 간간이 들려왔다. 짙은 청회색의 카펫바닥은 우리의 발소리를 남김없이 삼켰다.

오른쪽 통로의 가장 끄트머리에 있는 곳이 큐레이팅 부서였다. 가장 먼저 보이는 칸막이 뒤편에서 짧은 회색 곱슬머리를 한 중년 여성이 고개를 들었다. 영상통화로 면접을 봤던 사람이었다. 어시스턴트 큐레이터가 입을 열었다.

"이곳의 큐레이터, 라리사 해리스야."

"만나서 반가워."

라리사는 북유럽 스타일의 리넨으로 된 옷을 입고 있었다. 친절하고 푸근한 인상을 지닌 그녀는 회색 머리만 아니었다면 30대라고 짐작했을 만큼 동안이었다. 라리사와 등을 마주하는 책상에는 동양인 여성이 앉아 있었다. 라리사와의 인사가 끝나자 그 여성은 바퀴 달린 의자를 '드르륵' 굴리며 내게 다가왔다.

"히토미."

그녀는 의자에서 엉덩이를 떼지도 않고 손을 내밀며 자신을 소개했다. 마른 몸에 키가 크고 안경을 낀, 간결한 자기소개만큼이나 깐깐한 인상을 지닌 그녀는 일본 출신의 아트 디렉터였다.

부서 사람들과 인사를 나누고 미술관 투어까지 마친 후에야 나는 내 자리에 앉을 수 있었다. 히토미는 앞으로 3년 간 예정된 전시 일정과 일 년 내

에 있을 전시 및 프로그램 진행 상황이 꼼꼼하게 적힌 서류철을 내게 숙지하라며 넘겼다. 막내 인턴이기에 특별히 어려운 역할이 주어지진 않았다. 퀸스미술관은 매년 다섯 명 정도의 젊은 작가들을 뽑아 레지던시 프로그램을 진행한다. 내 첫 임무는 내년 레지던시 프로그램을 위한 작가를 뽑는다는 공문을 작성해 뉴욕 내 대학원과 여러 매체에 보내는 것이었다.

"우리 오늘 점심 다 같이 먹는 거지? 어디서 먹어? 정해졌어?"

"근처 중국집에서 먹는다던데, 주소 보내줄게."

히토미와 라리사가 나누는 이야기가 들려왔다. 내 자리는 라리사의 책상과 ㄱ자 형태로 있어서 뒤돌아보면 바로 라리사가 있었다. 부서 공간도 작은 편이라 대화가 들릴 수밖에 없었다. 그들도 내가 들을 수 있다는 사실을 딱히 신경 쓰는 것 같지 않았다.

'오늘 점심을 다 같이 먹는 날인가?'

전에 일했던 미술관에서도 가끔씩 다 같이 점심을 먹곤 했다. 오늘 아침에 싼 샌드위치가 생각났지만, 다 같이 점심을 먹는 거라면 샌드위치는 저녁에 먹어야겠다고 생각했다.

긴장의 연속이었던 오전이 지나고 점심시간이 되어 갈 즈음, 모든 부서 사람들이 주섬주섬 옷을 입으며 나갈 채비를 했다. 나도 옷을 입어야 하나 눈치를 보고 있는데, 내 생각을 읽었는지 히토미가 다가왔다.

"어시스턴트 큐레이터가 곧 그만두니까 오늘 다 같이 점심을 먹기로 했거든. 원래는 일 끝나고 먹기로 했었는데 시간이 안 맞아서 점심때 나갈 수밖에 없었어. 그냥 친한 사람들끼리 먹는 거니까… 알지?"

히토미의 검은 눈이 안경 너머로 내 얼굴을 들여다봤다. 나는 그녀가 새로 온 인턴인 내가 군이 점심에 낄 필요가 없으며 그러지 않기를 원한다는 걸 깨달았다. '서운해하지 않을 거지?'라고 묻는 그녀의 눈초리에 고개를 끄덕일 수밖에 없었다.

"넌 점심 어떻게 할 거야?"

"샌드위치 싸 왔어."

나는 멋쩍게 웃으며 샌드위치가 든 가방을 가리켰다. 히토미는 직원 휴게실에 냉장고가 있으니 다음부터는 냉장 보관하라고 말했다.

"하, 중국 음식이래. 중국 음식은 식당을 잘 골라서 먹어야 하는데. 솔직히 고기로 만든 건지 실리콘으로 만든 건지 알 수가 없단 말이야."

나만 들으라는 듯 작은 소리로 푸념하는 히토미에게 나는 하하, 또다시 멋쩍게 웃을 수밖에 없었다. 속으로는 '그거 인종차별 발언인데…'라는 말을 삼켰다.

모든 직원이 떠나고 텅 빈 부서에 나만 남겨졌다. 크게 한숨을 내쉰 나는 자리에 앉아 아침에 싼 샌드위치를 꺼내 들었다. 크게 한 입 베어 물고 마우스 커서를 움직이며 할 일을 했다. 조용한 사무실에 달각거리는 소리만 울렸다.

이런 일이 한두 번도 아닌데, 왜 착잡한 기분이 드는 거냐고 스스로에게 물었다. 미술관 인턴 경험은 이번이 두 번째다. 정직원들이 인턴이 옆에 있든 말든 사적인 얘기까지 서슴없이 한다는 건 이미 익숙했고, 중요한 이벤트나 공식 회식에는 초대되지 않는다는 것도 익히 알고 있었다. 그런데도 나는 그들이 내 앞에서 회식에 관해 얘기할 때, 그들만의 리그에 나를 초대할 것이라 다시 한번 착각한 것이다. 그들과 나 사이에는 보이지 않는 장벽이 존재했다. 내가 모르는 대화를 나눌 때가 많았고, 나에게 상사의 뒷담화를 아무렇지 않게 했으며, 잘 지내다가도 막상 중요한 상황에서는 나를 제외했다. 그들에게 인턴인 나는 곧 떠날 사람이었던 것이다. 당연한 사실이었지만, 나도 사람이기에 서운하게 느껴지는 건 어쩔 수 없었다.

'한국이나 미국이나 인턴의 위치는 똑같구나.'

나는 크게 한숨을 내쉬며 샌드위치 포장지를 휴지통에 버렸다. 뉴욕도 한국처럼 '열정 페이'가 존재한다. 뉴욕현대미술관 같은 큰 미술관이 아닌 이상, 미술관이나 갤러리에서 인턴에게 급여를 주는 일은 흔하지 않다. 무급이어도 경력을 위해 지원하는 사람이 많기 때문이다. 바로 나처럼. 그래서 봉사활동이나 재능기부, 무급인턴 등의 형태로 고용하는 경우가 많다. 기회와 경험이 절실한 젊은 인력들은 일손이 급할 때 금방 구할 수 있고 뒷일은 책임질 필요 없는 임시방편일 뿐이다. 미술계의 이런 관례, 이런 분위기에 빨리 익숙해져야 할 텐데⋯. 아니, 꼭 익숙해져야만 하는 걸까. 많은 생각을 들게 한 나의 뉴욕 첫 출근은 그렇게 흘러갔다.

노장의 열정을
지켜보는 시간

프레쉬킬스

비록 인턴이었지만, 퀸스미술관에서 일하면서 나는 미술관이 어떻게 운영이 되는지 어깨너머로 배울 수 있었다. 히토미가 나에게 가장 먼저 던져주었던 두꺼운 철제 파일, 그 파일에는 앞으로 3년간의 미술관 전시 일정과 계획들이 빼곡하게 적혀 있었다. 미술관 전시는 많은 절차와 계획을 거쳐 탄생하는 결과물이다. 그래도 많아야 1년 정도일 줄 알았는데, 3년이 전시 일정으로 꽉 차 있는 것을 보면서 미술관 전시란 생각보다 훨씬 더 긴 프로젝트라는 걸 깨달았다. 히토미는 파일을 넘기면서 올해 전시는 이미 준비를 다 마쳐서 무슨 내용인지만 숙지하면 된다고 했다.

"중요한 건 내년 전시야. 이 작가 전시에 네가 투입될 것 같은데…."

히토미는 서류에 적혀 있는 중국 작가를 가리켰다. 그녀가 중국 작가와의 에피소드를 털어놓던 중, 라리사가 끼어들었다.

"아냐, 유켈리스 전시가 더 급해. 이스라엘에서 곧 비행기 타고 올 거라고. 프레쉬킬스에 가서 작품도 봐야 하고."

이스라엘, 프레쉬킬스, 유켈리스… 아리송한 단어에 멀뚱히 서서 그들의 대화를 들었다. 솔직히 말하면 난 그때 유켈리스가 누군지 몰랐다. 그저 내년에 큰 전시를 준비하고 있다는 것만 알 수 있었다. 히토미와 한참 대화를 나눈 후 라리사는 스트레스 받는다는 듯 큰 한숨과 함께 제자리로 돌아갔다. 히토미도 생각이 필요한지 일단 레지던시 일에 집중하라며 자리로 돌아가라고 했다. 궁금했지만 그들이 굳이 설명할 생각이 없어 보여 더 묻지 않고 자리로 돌아왔다. 대신 파일철을 열어 그들이 언급했던 작가와 전시에 대해 따로 공부하기로 했다.

유켈리스는 미얼 레더맨 유켈리스Mielre Laderman Ukeles를 뜻했다. 1939년생 미국 콜로라도 출신인 그녀는 설치미술과 퍼포먼스 작가로, 한국에서 유명하진 않지만 미국 퍼포먼스와 여성주의 미술사에선 독보적인 위치에 있다. 그녀의 대표 작업은 '유지 미술Maintenance Art'이다. 유켈리스는 〈유지 미술을 위한 선언문 1969!〉을 통해 결혼과 출산 직후 매일같이 여성으로서 해야 하는 가정의 '유지관리maintenance'에 밀려 예술 활동을 도저히 할 수 없는 현실을 고발하고, 가사노동이 곧 예술 활동임을 선언했다. 그녀는 젊은 시절 브루클린미술관에서 대규모 퍼포먼스를 열기도 했으며, 브루클린미술관 계단에 물을 뿌리고 청소하는 그녀의 모습을 담은 사진은 미술사 서적에 종종 나올 만큼 유명하다. 퀸스미술관은 다음 해 9월에 유켈리스의 지난 50년의 작업에 관한 회고전을 계획하고 있었다. '유켈리스'를 다시 듣게 된 건 그로부터 몇 주 후였다.

"오후에 유켈리스가 올 거야."

라리사의 말에 나는 알겠다고 고개를 끄덕였다. 유켈리스는 공식적으

퀸스미술관에서 전시했던 유켈리스의 설치작
〈세레모니얼 아치 Ⅳ〉.

론 뉴욕에서 활동하는 것으로 나오지만, 실제로 사는 곳은 예루살렘이다.
가족이 예루살렘에 살고 있기 때문에 예루살렘에서 대부분의 시간을 보내
고, 일이 있을 때만 뉴욕을 방문한다고 했다.

　점심을 먹고 자리에 돌아온 나는 큐레이팅 부서 한쪽에 앉아 있는 나이
지긋한 백발의 여성을 발견했다. 나는 그녀가 유켈리스라는 걸 한눈에 알
수 있었다. 뉴욕에 도착하자마자 이곳으로 왔다는 그녀는 뉴욕의 후덥지근
한 날씨에 종이뭉치를 연거푸 흔들며 땀을 식혔다. 흑백사진에서 본 고혹
적이고 아름다운 작가가 더위에 지친 노인이 되어 앉아 있는 모습은 이질

적이면서도 묘한 기분을 주었다. 주름지고 백발이 되었지만 그녀는 여전히 아름다웠다. 멋스럽게 빗어 넘긴 머리와 그 위에 꽂힌 샤넬 선글라스. 그녀의 말투는 자신감과 기운이 넘쳤다. 여든을 향해가는 나이에도 예루살렘과 뉴욕을 오가면서 회고전을 준비하는 유켈리스의 모습은 나에게 큰 의미로 다가왔다. 대가의 오래되고 성숙한 열정을 보는 것만으로도 나의 미래를 향해 응원을 받는 기분이었다.

유켈리스는 라리사와 한 시간 정도 이야기를 나눈 뒤 자리를 떠났다. 라리사는 나에게 월스트리트에 위치한 주소 하나를 건넸다.

"내일은 출장을 갈 거야. 미술관 말고 여기에 적힌 유켈리스의 스튜디오로 출근하면 돼."

작가 스튜디오가 금융 회사들이 모여 있는 월스트리트에 있다는 것이 의아했다. 나는 일단 알겠다며 고개를 끄덕였다.

"어디로 가는데?"

"프레쉬킬스Fresh Kills. 유켈리스는 스테이튼 아일랜드에 있는 대형 매립지를 공원으로 바꾸는 프로젝트를 하고 있어. 그곳에 지난 10년 간의 작품들이 보관되어 있다고 해서 보러 가는 거야."

그리고 라리사는 깜박했다는 듯 마지막 말을 덧붙였다.

"내일은 야외에서 많이 움직일 거야. 더러워져도 상관없는 편한 복장으로 와."

그날 밤, 나는 프레쉬킬스에 대해 간단히 조사했다. 유켈리스는 놀랍게도 1977년부터 지금까지 뉴욕위생국New York City Sanitation Department, DSNY의 유일한 무보수 레지던시 작가였다. 뉴욕위생국과 크고 작은 유지 미술 프로젝트를 함께 해왔고 프레쉬킬스 또한 그중 하나였다. 프레쉬킬스는 뉴욕시 스테이튼 아일랜드에 있는 대략 890만 제곱미터가 넘는 면적의 쓰레기 매립지로 무려 1948년부터 2001년까지 운영되었다.

유켈리스는 프레쉬킬스의 환경을 개선하고자 매립지 풍경을 주제로 한 작품을 여러 점 발표해 대중과 정부의 관심을 불러일으켰다. 그리고 드디어 2008년, 정부가 매립지를 공원으로 탈바꿈하는 30년짜리 프로젝트를 발표하면서 거대한 쓰레기장이 공원으로 탈바꿈할 준비를 해가고 있었다.

다음 날, 월스트리트역에 도착한 나는 정장을 입은 사람들에 섞여 밖으로 쏟아져 나왔다. 월스트리트는 유리로 된 신식건물부터 클래식한 건물까지 고층빌딩으로 가득했다. 빌딩 사이사이에는 좁은 골목이 미로처럼 얽혀 있었고, 울퉁불퉁한 벽돌로 되어 있는 바닥은 살짝 런던 느낌도 났다. 월스트리트 구경도 잠시, 다시 정신을 차리고 라리사가 알려준 유켈리스의 스튜디오를 찾기 시작했다. 지도를 보고 사람들에게 방향을 물어가며 간신히 도착한 스튜디오는 클래식하고 투박한 고층빌딩에 위치해 있었다. 아무리 봐도 작가의 스튜디오가 있다고 생각하기 힘든 오피스 건물이었다. 심지어 1층에는 경비원과 소지품 검사대도 있었다. 다른 곳보다 유난히 보안이 삼엄했다.

"좋은 아침!"

라리사가 도착하고 이어 유켈리스가 도착했다. 어제와 똑같은 검은 티셔츠와 선글라스를 낀 그녀는 라리사와 대화를 하면서 건물 안으로 들어섰다. 엘리베이터에서 내리자 곳곳에 'DSNY'가 적혀 있는 것을 발견했다. 그제야 나는 이 빌딩이 뉴욕위생국의 소유라는 것을 깨달았다. 뉴욕위생국에서 몇십 년간 협업해 온 유일한 작가인 그녀에게 오피스 한 칸을 내주고 스튜디오를 마련해 준 것이다. 스튜디오에 있는 그녀의 어시스턴트들과 인사를 나누고 한숨 돌리고 나니, 스네하가 도착했다.

"안녕! 늦게 도착해서 미안해! 교통체증 때문에."

빌딩 앞에는 회색 봉고차가 있었다. 창문이 스륵 내려가면서 내 또래로 보이는 인도계 여성이 활짝 웃으며 손을 흔들었다. 유켈리스가 앞자리에, 나와 라리사는 뒤쪽에 올라탔다.

"고마워. 우리 때문에 운전까지 하고."

라리사의 말에 여성은 까르르 웃었다.

"문제없어! 나는 운전하는 거 좋아해."

밝고 기운 넘치는 친구였다.

우리는 프레쉬킬스가 있는 스테이튼 아일랜드로 출발했다. 스테이튼 아일랜드는 뉴욕시의 번화가인 맨해튼에서 가장 동떨어져 있어서 교외 지역에 속했다. 얼마나 흘렀을까, 고속도로를 지나자 프레쉬킬스 방향이라는 표지판이 보였다. 인가가 사라지고 광활한 지역이 나타나면서 나는 입을 떡 벌렸다.

"저 언덕들이 다 쓰레기라고?"

프레쉬킬스는 내가 상상했던 것보다 훨씬 더 광활했다. 여기저기 쓰레기 산으로 추정되는 언덕이 봉긋 솟아 있었다. 풀 하나 돋지 않는 민둥 능선은 올림픽 공원의 몽촌토성보다 컸다. 그러나 나는 곧 뭔가 이상하다는 걸 느꼈다. 봉우리들은 자세히 보니 흙이 아닌 촘촘히 엮은 그물과 천으로 덮여 있었다. 저걸 거둬내면 쓰레기가 보이는 걸까. 프레쉬킬스가 절정이었던 1986년에는 하루에 2만 9천톤의 쓰레기가 매립되었다고 한다. 뉴욕시의 무분별한 쓰레기 문제가 여실히 드러나는 부분이다.

본격적으로 프레쉬킬스에 들어선 후에도 우리는 한참동안 차를 몰았다. 유켈리스의 도움을 받아 더 깊숙이 들어서니 공사장 같은 곳이 나왔다. 포크레인 등의 공사장 기계는 물론 천막으로 만들어진 임시 사무소도 있었다. 우리는 차가 모여 있는 곳에 주차하고 차에서 내렸다.

등산용 모자를 쓴 유켈리스는 가방에서 주섬주섬 무언가를 꺼내 우리에게 건넸다. 곤충 스프레이와 선크림이었다.

"여기서 일하다 보면 모기한테 엄청 물릴 거야. 선크림도 필요하면 더 바르고."

나와 스네하는 건네받은 선크림을 바르고 곤충 스프레이를 뿌렸다. 일종의 사전 의식 중 눈이 마주친 우리는 자연스럽게 웃으며 잡담을 했다.

"아직도 소개를 못 했네. 내 이름은 아라야."

"난 스네하! 미술관 전시 작품운반을 맡고 있어. 넌 어떤 일로 온 거야?"

"큐레이팅 인턴으로 왔어."

"아, 네가 그 인턴이구나. 일은 어때?"

우리는 대화를 나누며 라리사와 유켈리스의 뒤를 쫓았다. 나는 대화를 통해 스네하도 프레쉬킬스는 처음이며, 그녀의 직속 상관은 퀸스미술관 전시 프로덕션 매니저, 존이라는 사실을 알았다. 존의 책상은 라리사의 책상과 맞붙어 있지만 전시 운반과 설치로 항상 자리가 비어있어서 한 번도 만나지는 못했다.

이런저런 이야기를 나누며 걷다 보니 앞서 가던 라리사와 유켈리스가

작업을 함께할 오늘의 동료들.
맨 오른쪽이 나, 모자와 선글라스를 쓴
멋진 여자가 유켈리스다.

목적지에 도착했는지 걸음을 멈췄다. 수풀이 우거진 벌판 위 컨테이너로 만든 집이 있었다. 그 앞에는 존으로 추정되는 안경 쓴 남자가 천막과 책상을 설치하고 있었다. 라리사는 간략하게 상황을 설명해주었다.

"이곳 프레쉬킬스에 유켈리스가 작품을 보관하고 있었는데, 최근에 비가 많이 내려서 인근이 범람 됐대. 그때 컨테이너가 물에 잠기면서 보관 중이던 유켈리스의 작품들이 모두 폭삭 젖었고."

"꺼낼 때 조심해야겠네."

라리사는 고개를 끄덕이며 한숨을 내쉬었다.

"아주 조심히. 작품들이 제발 무사해야 할 텐데…."

유켈리스는 퍼포먼스로 유명하지만, 유지 미술과 관련된 설치작품이 꽤 많았다. 설치미술은 작품의 특성상 판매가 어렵고 스케일이 큰 경우가 많다. 그래서 보관이 아주 중요한데, 보통은 손상을 막기 위해 여러 부분으로 해체해서 보관한다. 유켈리스 역시 대형 작품이 많아서 여러 부분으로 분리해 포장했고 몇십 년 전 전시 이후 한 번도 열어보지 않았다고 했다. 작품의 상태는 직접 열어봐야지만 알 수 있었다.

나, 라리사, 스네하, 존, 유켈리스를 포함한 대략 열 명 정도의 인력이 작품 구조 작전에 착수했다. 프레쉬킬스의 직원으로 보이는 덩치 큰 두 장정이 창고에서 포장된 작품 상자들을 꺼냈다. 작은 상자부터 시작해서 사람보다 키가 큰 상자까지 모양과 크기가 다양했는데, 어떤 것은 비닐에 묶여 있고 어떤 것은 아직도 비가 마르지 않아서 젖어있었다. 우리는 물건들을 하나씩 맡아 내용물을 확인하고 기록을 위해 사진으로 찍었다. 그러면 유켈리스가 돌아다니면서 그 물건의 정체, 즉 어느 작품의 일부인지 확인한

다음 새로 포장을 해서 새 일련번호를 기재했다.

"유켈리스, 이리 와 볼 수 있어? 여기 〈세레모니얼 아치 IV〉에 들어가는 아치를 찾은 것 같은데….'

라리사는 길고 무게가 꽤 나가는 상자를 가리켰다. 살짝 뜯어낸 입구엔 아치형 모양의 철근이 있었다.

"맞아. 이게 여기에 있었네. 이거랑 똑같은 크기의 아치가 어딘가에 하나 더 있을 거야. 그걸 찾아야 해."

내 키보다 큰 그 철근은 바로 그녀의 대표 설치 작품 중 하나인 〈세레모니얼 아치 IV〉의 일부였다. 수십 년 간 뉴욕위생국을 비롯한 여러 기관에서 사회 유지 관련 일을 해온 천 명이 넘는 노동자의 장갑을 모아 기념비를 만든 작품이었다.

"유켈리스가 그래도 작품 포장과 관리를 잘해놨어. 작품을 못 찾거나 손상되면 따로 제작해야 하거든."

라리사는 전시지원금을 초과하진 않겠다며 안도의 한숨을 쉬었다. 작품들은 생각보다 멀쩡했다. 상자와 비닐은 젖고 찢어진 것이 많았지만 작품 자체는 무사했고 조금만 관리하면 괜찮아질 것이라고 했다.

아침부터 계속된 작업은 힘들었지만 뿌듯했다. 전시가 어떻게 계획되고 준비되는지 옆에서 보는 것만으로도 미술관 시스템을 이해하는 데 많은 도움이 되었다.

그날 우리는 오후 네 시가 되어서야 작업을 마칠 수 있었다. 존은 작업장을 마무리하고 새로 포장된 작품을 운반하기 위해 좀 더 남아있기로 했다. 단체 사진을 찍고 스네하의 차에 다시 올라탔다. 꽤 많은 수확을 건져서

폭우로 잠긴 컨테이너에서 물에 젖은
유켈리스의 작품들을
조심스럽게 꺼내고 있다.

들떠 있던 것도 잠시, 다들 지쳤는지 하나둘씩 잠에 빠져들었다. 라리사와 스네하가 나누는 대화가 선잠 사이로 들려왔다.

눈을 떴을 땐 이미 맨해튼이었다. 봉고차는 뉴욕위생국 오피스이자 유켈리스의 스튜디오 앞에 멈춰 섰다. 라리사와 유켈리스는 전시 얘기 때문에 더 남아 있기로 했고, 나를 비롯한 나머지 사람들은 퇴근하기로 했다.

"다들 고마웠어."

유켈리스는 한 명 한 명 포옹하며 감사의 인사를 전했다. 나는 조심스럽게 핸드폰을 들어 보였다.

"혹시 같이 사진 찍을 수 있을까?"

"그럼!"

자신이 찍어주겠다며 라리사의 친구가 앞으로 나섰다. 나와 유켈리스는 핸드폰 카메라를 향해 활짝 웃었다. 집으로 돌아오며, 나는 벅찬 가슴으로 사진을 들여다보았다. 비록 짧은 인턴 기간이지만 이렇게 큰 전시를 만드는 과정에 나의 인력이 들어간다니 뿌듯해졌다. 동시에 '유지관리'라는 유켈리스의 작업 콘셉트와 작품들을 보며 많은 생각이 들었다. 유켈리스의 '유지 미술'은 단순히 환경을 개선하고 가꾸는 것이 아니다. 그녀의 인터뷰를 읽어보면, 그녀가 작가로서 인생의 전환기를 맞은 건 첫 아이를 낳은 후였다. 오랜 시간 작가가 되기를 노력해왔으나 아이를 낳은 순간 모두가 그녀를 '유켈리스'가 아닌 엄마로 보려 했고, 그녀에 대해 궁금해하지 않았다고 한다. 마치 두 사람의 인생을 사는 것 같았다는 그녀는 결국 〈유지 미술을 위한 선언문 1969!〉을 발표하며 세상에 반기를 든다.

그녀의 작업은 이 세상이 굴러갈 수 있는 이유는 우리가 평소 눈치채지 못한 누군가의 노동 덕분이라고 말한다. 가족과 사회가 여성에게 요구하는 일, 그리고 그것을 당연하게 여기는 인식에 대한 비판이고, 그것을 여성에 국한하지 않고 도시라는 큰 사회의 유지관리로 확장해 사회적 영향을 끼쳤다.

현재 유켈리스와 그녀의 남편은 장성한 세 명의 자식, 열댓 명의 손주와 함께 이스라엘에 살고 있다. 동시에 그녀는 자신의 뿌리인 작가로서의 본분을 잊지 않고 틈틈이 뉴욕에서 전시를 한다. 여든의 노인이라는 것이 믿기지 않을 만큼 그녀는 여전히 열정적이고 더 많은 성장을 꿈꾸고 있다. 전시 준비를 함께하며 노장의 열정을 가까이서 지켜볼 수 있었다는 사실에 감사했다.

완벽하고 싶지만
완벽하지 않은

조나단 호로위츠 스튜디오

퀸스미술관 인턴을 마치고 다른 일자리를 알아보던 어느 날, 반가운 메일 한 통이 날아왔다. 조나단 호로위츠 스튜디오에서 면접을 보고 싶다는 내용이었다.

조나단 호로위츠Jonathan Horowitz는 비디오, 조각, 설치, 사진, 회화 등 다양한 미디엄으로 작업하는 작가다. 그가 내건 고용 조건은 유독 돋보였다. 작가가 진행 중인 회화 프로젝트에 참여할 단기 어시스턴트, 시급 25불, 일하는 요일 선택 가능단, 주 3일 이상 10시부터 5시 근무, 점심 제공. 간단했지만 그 어떤 채용공고보다도 월등히 좋은 조건이었다. 걸리는 게 있다면 단기라는 것뿐이었지만, 면접에서 말해주는 것보다 솔직히 공고에 명시하는 것이 맘에 들었다. 쏜살같이 답장을 한 나는 곧 작가에 대한 조사에 착수했다. 그는 뉴욕에서 이름이 꽤 알려진 중견작가였다. 이력과 작업을 살필수록 그의 스튜디오에서 일하고 싶은 마음이 커졌다.

그의 스튜디오는 뉴욕시의 자치구 중 하나인 브롱스에 위치해 있다. 브

루클린이 외국인에게 아직까지 악명이 높다면, 브롱스는 뉴요커에게도 무서운 미지의 세계다. 브롱스에서 일할 예정이라고 하니 친구들이 호신용 스프레이를 갖고 다니라고 조언했다. 다행히 조나단의 스튜디오는 맨해튼에 근접한, 비교적 안전한 사우스 브롱스에 있었다. 지하철역에서도 그리 멀지 않았다.

며칠 후, 매니저가 보내준 주소에 도착한 나는 적갈색 벽돌로 세워진 건물의 벨을 눌렀다. 삐, 소리와 함께 문이 열리고, 난 알려준 호수를 찾기 위해 차근차근 계단을 올랐다. 숫자가 5로 시작되는 것으로 보아 5층인 것 같은데, 문제는 문에 호수가 적혀 있지 않았다. 엘리베이터도 없었다.

'어떻게 나는 면접이 있을 때마다 항상 입구를 헷갈리지.'

결국 맨 꼭대기층까지 올라갔다가 숫자를 헷갈려서 다시 1층으로 내려와 다시 층을 세며 올랐다. 설마 했는데 그의 스튜디오는 꼭대기층에 위치해 있었다. 감옥을 연상케 할 만큼 두꺼운 철문에 조심스럽게 노크를 했지만 반응이 없었다. 귀를 대보아도 아무 소리가 들리지 않았다.

'방음이 참 좋네.'

슬쩍 손잡이를 잡아당겨 봐도 꿈쩍 하지 않자, 슬슬 또 잘못 찾아온 건 아닌가 하는 걱정이 들었다. 한숨을 삼킨 뒤, 이번엔 주먹으로 쾅쾅 문을 두드렸다.

"잠시만."

드디어 육중한 문이 열리더니 스튜디오 매니저로 추정되는 여성이 나를 보고 활짝 웃었다. 그녀의 다리 밑에는 나이 든 강아지 한 마리가 꼬리를 흔들고 있었다.

"안녕! 벨 울리고 한참동안 오지 않아서 무슨 일이 있나 했어."

"계단을 헷갈려서…."

"미안, 내가 꼭대기층이라고 얘기를 안 했구나. 이 강아지는 내가 키우는 반려견, 찰리라고 해."

한쪽 다리가 불편한 찰리는 뒤뚱거리면서도 내 뒤를 졸졸 따라다녔다. 사람을 좋아하는 강아지였다.

"여기 앉아 있어. 조나단이 곧 올 거야. 물 마실래?"

"응, 고마워."

나는 찰리와 장난을 치면서 틈틈이 주위를 둘러보았다. 빈티지한 나무 바닥과 붉은 벽돌로 되어 있는 벽, 그리고 시멘트 느낌이 고스란히 드러나는 높은 천장. 창문 너머로 푸른 하늘과 브롱스의 전경이 한눈에 보였다. 스튜디오 중앙에는 회화 작업을 위한 가벽들이 세워져 있었고 바닥과 벽에는 작업하다가 흘린 아크릴 물감 자국이 선명했다. 꿈에 그리던 스튜디오를 실제로 보는 느낌이었다.

"만나서 반가워."

매니저가 조나단을 데리고 나타났다. 나와 악수를 한 그는 내 맞은편에 앉았다. 희끗한 머리를 짧게 다듬은 그는 사려 깊고 차분한 인상을 지니고 있었다. 말 한마디, 한마디에 신중함이 묻어났다.

인터뷰는 생각보다 간단했다. 뉴욕에 온 배경, 내 작업 스타일과 작업에 대한 의견을 중심으로 질문했다. 그는 프로젝트가 어떻게 진행될 것인지 간략하게 설명해 주었다. 물감을 쓰는 것이 익숙하냐는 질문을 제외하면 기술적인 부분에 대해서는 더 이상 묻지 않았다. 내가 무엇을 할 수 있는지 보다는 내가 어떤 사람인지에 대해 더 궁금해하는 것 같았다. 간결하고 편안했던 인터뷰는 너무 수월하게 끝나서 내가 마음에 들지 않았나 하는 걱정이 들 정도였다. 우려와 달리 나흘 후, 나는 매니저로부터 프로젝트에 초대하고 싶다는 메일을 받았다. 나의 첫 어시스턴트 일은 그렇게 시작됐다.

프로젝트 첫날, 조나단의 스튜디오에는 나 외에도 여섯 명이 더 있었다. 모두 내가 참여할 페인팅 프로젝트를 위해 고용된 어시스턴트였다. 우리는 나이와 성별, 인종까지 전부 제각각이었다. 인사를 하고 이야기 나누며, 그들이 회화 전공자가 아니라는 걸 깨달았다. 취미로 그림을 그리는 뮤지션, 일러스트레이터, 조각을 전공한 사람도 있었다. 페인팅 프로젝트인데 화공이 나밖에 없다는 것이 의아했다.

조나단이 요구한 작업은 심플했다. 그가 만든 추상 그래픽 이미지를 눈금자 같은 특별한 도구 없이 순수하게 물감과 붓만으로 그리는 것. 조나단은 나를 포함한 세 명에게 같은 원형 이미지를 주었고 다른 네 명에겐 각기 다른 긴 직사각형의 이미지를 주었다. 제공된 붓과 페인트만을 이용한다면 어떻게 그릴지, 어디서부터 그릴지는 모두 자유였다. 중간에 실수해도 되지만 지워선 안 되고, 이미지와 최대한 똑같이 그리도록 노력은 해야 했다. 너무 늦장 부리지도 서두르지도 말고 본인의 페이스에 맞춰 그리기를 당부했다. 주어진 캔버스에 이미지를 다 옮기고 그의 승낙을 받으면 우리의 임무는 끝이었다.

우리의 업무시간은 아침 10시부터 오후 5시, 주중에 적어도 세 번은 나와야 하지만 본인의 기호와 스케줄에 따라 매주 요일을 선택할 수 있었다.

내가 앉아 있는 자리는 중앙에 세워진 가벽으로, 창가 쪽에 있었다. 스튜디오가 건물 꼭대기에 있다 보니 볕이 잘 들고 환기가 잘 됐다. 창문에서 살랑살랑 들어오는 바람이 뺨을 기분 좋게 간지럽혔다. 작업하다가 찌뿌둥해지면 고개를 돌려 창문 너머 푸른 하늘 아래 펼쳐진 전경을 감상했다.

각자 그림을 그리는 속도와 스킬이 달라서 작업의 진행속도는 자연스럽게 달라졌다. 어떤 사람은 쉬는 요일 없이 매일 나와 작업을 하더니 2주가 채 되지 않아 그림을 완성하고 스튜디오를 떠났다.

나는 일주일에 세 번을 나갔다. 나머지 요일은 집에서 개인 작업을 했다. 시간이 흘러 스튜디오에 나온 지 정확히 3주째가 되던 날, 나는 그림을 거의 완성했다. 마음 같아선 오래 끌고 싶었지만 그럴만한 작업은 아니었고 다른 어시스턴트들도 하나둘씩 떠나고 있었기에 마무리하기에 적당했다. 업무 시간이 끝나갈 즈음, 조나단이 나에게 다가왔다.

"오늘 작업을 마무리하지 않는 게 어때?"

"무슨 뜻이야?"

"작업이 거의 끝나가는 것 같아서."

5시까지 대략 1시간 반이 남은 상황. 그에 비해 작업 양은 애매하게 남아서 서두르면 오늘 끝낼 수 있었다. 그래서 난 평소보다 빠른 속도로 작업을 하고 있었고 눈치 빠른 그는 그런 날 제지한 것이다.

"평소 속도로 작업해주면 좋겠어. 그럼 양이 조금 남겠지만, 오늘 무리해서 끝내지 말고 내일이나 다음 주 아무 때나 나와서 여유 있게 끝내줄 수 있을까? 하루 다 못 채우더라도 일당으로 쳐서 지급할게."

내 입장에서는 전혀 손해 보는 일이 아니었다. 오히려 끝까지 내 페이스

스튜디오에서 내 작업대.
벽과 바닥에 묻어 있는 물감과
창을 통해 쏟아지는
햇빛이 좋았다.

를 지킬 수 있도록 배려해주는 그가 고마웠다. 자연스럽게 그와 대화를 하게 된 나는 지난 3주 동안 궁금했던 질문을 던졌다.

"물어선 안 될 수도 있지만, 이 작품이 뭐에 대한 건지 알 수 있을까? 프로젝트의 콘셉트를 알고 싶어."

그는 고개를 느리게 끄덕였다. 평소 감정 기복이 거의 없는 편인 그는 특유의 차분한 말투로 설명해나갔다.

"이 작품은 내가 요즘 진행하고 있는 '거울 시리즈'의 일부야. 사람들은 모두 각기 다른 성격과 결함을 지니고 있어서 같은 사물을 그리더라도 다른 이미지가 생산되지. 똑같은 물감과 붓을 사용해 같은 이미지를 그릴 때, 언뜻 봤을 땐 단순한 그림이지만 그 안에는 각자의 고유한 성격과 모습이 담겨져 있다고 생각해."

그제야 난 조나단이 인터뷰 당시 왜 내가 가진 기술이 아닌 살아온 배경에 관해서만 관심이 있었는지, 어째서 일곱 명의 어시스턴트가 제각각 다른 배경을 지니고 있는지 깨달았다. 조나단은 처음부터 기술력을 가진 사람이 필요했던 게 아니었던 것이다.

다음 날, 나는 그림을 완성했다. 그가 준 이미지는 거울을 연상케 하는 컴퓨터 그래픽 이미지를 크게 키워 픽셀화한 것이다. 그래서 멀리서 보면 프린트된 이미지 같지만 자세히 보면 손으로 그렸다는 걸 알 수 있다. 내 그림은 조나단이 준 이미지와 같지만 달랐다.

나는 내가 만든 '거울'을 들여다보았다. 자로 잰 듯 반듯하게 진행되던 점 모양의 물결은 딱 한 번의 실수로 각도가 살짝 틀어졌다. 그 실수를 했을 때 난 무척 분했다. 흰색 페인트로 수정하고 싶은 마음이 굴뚝같았지만, 한

번 만든 점은 절대 지우지 말라는 규칙 때문에 수정하지 못했다. 완벽하고 싶지만 완벽하지 않은. 그게 마치 이 도시에서 살아남기 위해 바둥거리는 내 모습 같아서 웃음이 났다.

'이 부분이 마음에 내내 걸렸었는데….'

싫었던 마음이 무색하게 조나단의 의도를 알고 난 후 난 어느새 모난 부분을 좋아하게 됐다. 날 투영한 모습이라니 좋을 수밖에. 실수가 이 작품을 특별하고 고유한 것으로 만든다니, 너무 완벽해지려 하다가 나만의 색깔을 잃는 것보다는 서툴고 실수하더라도 나답게 해나가면 된다는 위로를 받은 듯했다.

아트 팩토리의
완벽주의자

제프 쿤스 스튜디오

사바나는 제프 쿤스 스튜디오에서 어시스턴트로 일하고 있다. 미국의
대표 작가 제프 쿤스는 스스로 작품을 만들지 않는 것으로 유명하다. 그의
스튜디오는 회화, 조소, 3D로 나뉘며, 각 부서에는 그가 고용한 어시스턴
트들이 월급을 받으며 쿤스의 아이디어를 현실로 만드는 작업을 한다. 회
사처럼 운영되는 그의 스튜디오는 '공장Art Factory'이라고 불린다. 자본을
이용한 작업방식과 예술을 향한 상업적인 태도는 예술계에서 자주 비판을
받지만 열성적인 지지도 만만치 않아서 대중의 호불호가 극명하게 갈린다.
나도 처음엔 그와 그의 작업을 색안경 끼고 봤었다.

그러나 사바나를 통해 들은 그의 작업 태도는 내가 상상하던 것과 사뭇
달랐다. 공장이라는 별칭이 무색하게, 그는 작품을 물건처럼 생산하지 않
았다. 처음부터 끝까지 프로젝트에 참여해 어시스턴트와 의사를 공유하고,
마치 도자기를 굽는 장인처럼 조금의 흠도 용납하지 않는다고 한다. 사바
나는 완벽주의 상사의 태도 때문에 지칠 때도 있지만, 예술가로서 그런 작

가적 태도를 존경한다고 했다. 나는 그 얘기를 듣고 나서 소문의 제프 쿤스를 달리 볼 수 있었다. 그의 상업적인 체계는 작품을 쉽게 만들기 위한 수단이 아니라, 완벽을 추구하기 위한 그만의 방식이었던 것이다.

그런 그가 지난 몇 년간 야심차게 준비한 회화 프로젝트를 발표하는 날이 다가왔다. 그의 주 작업은 조각이지만, 난생처음으로 온전히 회화로만 이루어진 개인전을 준비했다. 이 프로젝트를 위해서 그는 지난여름 사바나를 비롯한 젊은 페인터들을 대거 고용했고, 지난 몇 달간 있는 힘을 다해 달려왔다. 이 오프닝은 작업에 참여한 어시스턴트들에게도 지난 몇 달간의 노고를 증명하고 축하하는 특별한 행사였다.

사바나는 오일 냄새가 잔뜩 밴 작업복을 벗어 던지고 샤워를 한 다음 체크 무늬 스커트와 검은 스웨터를 꺼내 들었다. 전시된 작품 중 하나가 나무에 매달린 여우가죽이라는 이유로 목에는 인조 여우 목도리를 둘렀다. 비록 본인의 전시는 아니었지만, 자신의 손길이 닿은 작품들이 첼시의 큰 갤러리, 그것도 가고시안갤러리에서 전시된다는 생각에 들떠 보였다.

오프닝은 성대했다. 그의 야심찬 프로젝트를 보기 위해 컬렉터와 평론가를 비롯한 많은 사람들이 찾아왔다. 사바나와 함께 돌아다니며 지난번 스튜디오의 여름 파티 때 만난 그녀의 동료들을 다시 볼 수 있었다. 그들은 지난 몇 주 내내 야근을 해서인지 많이 지치고 피곤해 보였다. 유화 작업은 의외로 고된 육체노동이다. 작품의 스케일이 크면 앉아서 작업할 수 없으니, 하루 12시간 이상 붓을 들고 서서 그림을 그려야 했을 것이다. 온몸의 근육, 특히 어깨와 팔에 무리가 가는 것도 당연했다. 그런 고된 노동도 오늘로 마지막이다. 그들은 뿌듯함과 안도감으로 한껏 들떠 있었고 입가에는

오프닝에서
제프 쿤스와 함께.

미소가 떠나지 않았다.

사교성이 좋은 사바나는 스튜디오에서 마음 맞는 친구들을 많이 사귄 것 같았다. 여러 곳에서 함께 자축하자고 그녀에게 메시지를 보내왔다.

"가야 하지 않아?"

"음, 하지만 분명 술 마시고 클럽까지 갈 것 같은걸."

사바나는 야근으로 심신이 지쳐있으니 오늘은 마음 편히 조용하게 둘이서만 자축을 하자고 했다.

밖으로 나오니 어둑어둑한 거리에는 연약한 비가 내리고 있었다. 불그스름한 가로등 불빛이 촉촉이 젖은 길가에 내려앉았다. 사바나와 나는 갤러리에서 멀리 떨어지지 않은 프렌치 레스토랑에 들어갔다. 음식을 기다리면서 갤러리를 나오기 직전 제프 쿤스와 함께 찍은 사진을 사바나에게 보여주었다. 사바나는 아이처럼 좋아하며 사진을 한 장 한 장 신중하게 살폈다. 한숨 돌린 듯 한결 여유로워진 사바나를 보면서, 나는 그녀의 뉴욕 데뷔의 첫 장, 인트로가 끝났다는 걸 느꼈다.

칭찬이라는 마법

아트센터

"정말 잘 그렸다!"

나는 활짝 웃으며 작은 캔버스에 그려진 강아지, 정확히는 퍼그를 가리켰다. 얼굴을 베이지색과 검은색으로 칠하지 않았다면 판다인지 퍼그인지 알아보지 못했을 테지만, 여섯 살짜리 아이의 그림에 그 사실은 그다지 중요하지 않았다. 그림의 주인, 에이미는 낯가림이 심한 편이었다. 부끄러워하며 고개를 숙였지만 칭찬이 싫진 않은 듯 미소를 지었다. 나는 허리를 숙여 에이미의 얼굴을 들여다보았다.

"진짜야. 사진에 있는 퍼그 표정을 잘 담아냈는걸."

"고마워."

에이미가 수줍게 말했다.

아트센터에서 일한 지 한 달이 지나고 있었다. 비록 일주일에 하루지만, 시급이 나쁜 편이 아니었다. 매니저 멜리사도 자리가 생기면 다른 시간대에도 넣어주겠다고 약속했다. 무엇보다 그 당시 나는 점점 줄어드는 통장 잔고에 물불 가릴 형편이 아니었다.

난 씩 웃으며 다른 테이블로 걸어갔다. 개성 넘치는 아이들의 그림을 하나씩 살피면서 칭찬을 던졌다.

"이 로봇 색 죽인다!"

"사자 이빨 완전 리얼하게 표현한 거 아냐?"

"이 바다 푸른색 정말 잘 만들었다. 무슨 색 섞은 거야?"

그러면 아이들은 본인의 성격에 따라 으스대면서 어떻게 했는지 설명하기도 하고, 예의 바르게 고맙다고 하거나, 다음에 어떤 색을 칠해야 하냐고 칭얼거리기도 했다.

내가 칭찬을 많이 하는 데엔 이유가 있다. 이 아트센터는 어린이 위주의

에이미가 그린 퍼그. 에이미를 닮아
어딘가 의기소침해 보이는 표정이 귀엽다.

학원이다. 중고등학생을 위한 수업도 있긴 하지만 유치원생과 초등학생 수업이 가장 많았다. 아이들을 상대로 일하며 깨달은 것은, 수업이 즐겁기 위해선 가르치는 선생님의 텐션이 높아야 한다. 아이들은 마치 막 걷기 시작한 강아지들 같다. 상상을 초월할 정도로 에너지가 넘쳤고 전염성 또한 강했다. 한 아이가 에너지를 주체하지 못 하고 소리를 지르고 몸을 움직이기 시작하면, 금세 서너 명이 합류했다. 주위가 아수라장이 되는 건 순식간이었다. 지금 같으면 폴과 멜리사처럼 우렁찬 목소리로 상황을 정리하겠지만, 갓 아트센터에 들어온 그 당시엔 아이들과 친해지는 게 우선이었다. 상황이 너무 감당하기 어려울 만큼 아수라장이 되면 나는 한 발짝 물러서 폴과 멜리사가 아이들을 부드러운 카리스마로 제압하는 걸 지켜보았다. 그들은 너무 떠들면 안 된다고 경고하면서도 절대 아이들의 기를 죽이지 않았다. 그 유려한 화법이 무척 신기했다. 아이들의 반응도 마찬가지였다. 토라질 만도 한데 아이들은 그들의 말을 들으면서(물론 완전히 조용해지는 건 절대 아니지만, 다시 해맑게 웃으며 폴과 멜리사에게 다가갔다. 저 신뢰는 어디서 나오는 걸까, 궁금해졌다.

폴은 특히 아이들을 끌어당기는 블랙홀 같은 매력을 지니고 있는 게 분명했다. 아이들은 그의 이름을 수시로 불러대며 자기가 그린 그림을 들고 졸졸 쫓아다녔고, 커서 폴과 결혼하고 싶다고 속닥거리기도 했다. 그렇다고 폴이 마냥 상냥한 예스맨인 건 아니다. 인상이 곰돌이 인형처럼 푸근한 것도 아니었다. 일단 그는 수염을 덥수룩하게 기르고 두 팔에 문신을 잔뜩 새긴 30대 후반 아저씨였다.

나는 그의 행동을 관찰하기 시작했다. 일단 그는 호쾌했다. 아이들에게 농담을 잘 건넸으며, 가끔씩 아이들이 못 말린다는 듯 눈동자를 굴릴 정도로 바보 같고 엉뚱한 행동을 할 때도 있었다. 피터팬의 후크선장처럼 사악한 웃음을 천장을 향해 껄껄껄 내뱉기도 했다.

그의 인기 비결은 이러한 재미난 캐릭터도 한몫했겠지만, 나는 다른 것이 더 눈에 들어왔다. 그는 칭찬을 잘했다. 칭찬을 잘한다는 건 생각보다 쉽지 않은 일이다. 그에게 칭찬은 아이들을 달래기 위한 도구가 아니었다. 그의 칭찬에는 항상 진심이 담겨 있었고 사탕발림이 없었다. 아무리 그림이 엉망이어도 그 안에서 훌륭한 부분을 찾아내 아이의 기운을 북돋웠다. 칭찬을 남발하는 것 같아도, 그에겐 분명한 가이드라인이 있었다. 예를 들면, 한번 시작한 그림은 반드시 완성해야 하고, 트레이싱기름종이를 대고 사진을 카피하는 행동은 허락하지 않았다.

그런 규칙 안에서 노력을 한 아이들은 항상 칭찬과 격려라는 보상을 받았다. 어린아이의 그림은 완벽할 필요가 없다는 걸 그는 잘 알고 있었다. 아이들에게 필요한 건 기술과 부모님을 기분 좋게 할 완벽한 그림이 아니라, 그림이 재밌다고 느끼는 것이었다. 아이들은 폴을 통해 자신이 노력해서 그린 그림은 칭찬받아 마땅하다는 걸 무의식적으로 느끼는 듯했다.

나중에 알게 된 사실이지만, 폴은 아트센터의 원장이 아니었다. 원래 마크라는 진짜 원장이 따로 있고 폴은 고용된 강사였다. 마크는 어느 대학의 교수직을 그만두고 이곳에 아트센터를 세웠고 직접 아이들을 가르쳤다. 그는 아이들에게 그림이 엉망이라고 서슴없이 말했으며 자신의 방식대로 그리지 않으면 화를 냈다고 한다. 가르치기 위해 아이들 그림에 손을 대는 것이 아니라, 본인과 학부모가 만족하기 위해 직접 고쳤다고 한다. 그 행동이 아이들에게 상처가 된다는 걸 그는 몰랐다. 이후 불행인지 다행인지 폴이 아트센터로 왔고, 아이들에게 인기가 많아지면서 마크는 자연스럽게 폴에게 수업을 맡기고 뒤로 물러났다. 몇 년 안으로 폴과 멜리사는 아트센터를 인수할 예정이었다.

이렇듯 그들이 운영하는 아트센터는 긍정에너지가 솟아났다. 그들이 아이들에게 받는 신뢰는 인상적일 만큼 견고했다. 선생님이 한 소리 했다고 삐치거나 우는 경우는 한 번도 없었다. 나는 그 신뢰가 평소 폴과 멜리사가 칭찬으로 쌓아 올린 결과물이라는 결론을 내렸다. 어린아이의 말일지라도 귀 기울여 듣고, 그들의 의견을 존중하고, 노력을 칭찬과 격려로 꼭 보상해주었다.

자연스럽게 내 어린 시절이 떠올랐다. 나는 항상 칭찬에 굶주려 있었다. 어른들에게 인정받고 싶어서 말 잘 듣는 바른생활 어린이가 되었다. 그림을 그리게 된 계기도 비슷했다. 그림은 내가 좋아하는 걸 하면서 칭찬받을 수 있는 유일한 수단이었다. 그림에 등수를 매기고 입시 미술을 하면서 몇 번의 고비가 찾아 왔지만, 결국에 난 이곳까지 오게 되었다. 그렇게 칭찬받는 것을 좋아했으면서, 나 또한 칭찬에 인색했다는 걸 이곳에서 일하면서 깨달았다. 상대방에게서 좋은 면을 발견하고 진심으로 칭찬할 줄 아는 마음. 나는 과연 그런 사람이었을까. 칭찬하는 것을, 고맙다고 하는 것을, 격려하는 것을, 낯간지럽다고만 생각했던 건 아닐까.

"아라, 이거 어때?"

다섯 살 애나가 내게 다가왔다. 고사리 같은 손에는 그림 한 장이 들려 있었다.

애나가 그린 〈고양이가 된 선생님〉.
내가 매일 쓰고 다니는 안경이 포인트다.

"이거 나야?"

그림 안에는 고양이 얼굴을 한 내가 앞치마를 입고 네 발로 풀밭 위에서 있었다. 내 얼굴이라 짐작한 이유는 내가 평소 쓰는 안경이 그려져 있었기 때문이다.

"응! 아라는 고양이를 닮아서 고양이를 그렸어."

"멋지네, 내 눈이랑 똑같다!"

내가 키득키득 웃자 애나도 따라 웃었다. 배시시 얼굴에 번지는 미소가 너무 귀여웠다.

"내 선물이야. 이 그림 가져."

"우와, 정말?"

"응! 나 드로잉 엄청 많거든."

"고마워, 애나. 소중히 간직할게."

아이들과 친해지자, 하나둘 내게도 그림 선물을 주기 시작했다. 항상 폴과 멜리사에게만 줘서 남몰래 질투하고 있었는데 처음 그림 선물을 받던 날, 흘러나오는 웃음을 주체할 수가 없었다. 아이들에게 인정받는다는 건 어른들에게 인정받는 것과 다른 차원의 기쁨이었다.

최대의 고민
워라밸

나는 어릴 적부터 이성적인 편이었다. 감정에 치우쳐서 홧김에 저지르는 일은 다섯 손가락 안에 든다. 흔히 상상하는 자유롭고 즉흥적인 예술가의 이미지와 정반대라고도 할 수 있다. 스스로를 객관화하여 관찰하기 때문에 무언가를 결정하는 데 이런 성격이 도움이 되곤 했다. 내 성질을 잘 파악하고 있다는 뜻이기도 하고, 제3자의 입장에서 생각해 안 되는 일에는 미련을 두지 않았다. 일상을 벗어나는 일을 거의 하지 않는다는 단점이 있지만, 그 일상에서 반환점이 필요하다고 판단되면 아예 다른 각도로 바꿀 수 있다는 장점도 있었다.

내게도 살면서 크고 작은 결정을 내려야 하는 상황이 있었다. 그림을 그리겠다고 마음먹은 것, 그렇게 좋아했던 만화를 포기하고 순수미술을 하겠다고 결정한 것, 예술고등학교 진학 대신 부모님을 따라 러시아에 가기로 한 것, 부모님을 설득해 시카고로 대학을 간 것, 졸업 후 뉴욕으로 간 것···. 선택지가 나타날 때마다 난 스스로에게 어떤 길로 가야 가장 후회가 남지

않겠느냐고 물었다. 그리곤 머릿속으로 각각의 길로 나아갔을 때의 상황과 느낌을 상상해본 뒤 후회가 덜 느껴지는 길을 선택했다. 물론 젊다는 것도 한몫했다. 판단오류로 내가 극심한 후회를 하게 되더라도 언제든지 다시 돌아와 선택하지 못했던 길로 가면 된다고 생각했기 때문이다. 이 방법에 실패가 없었던 건 아니다. 항상 장애물은 있었고 힘든 일도 많았다. 우울해지기도 하고 스트레스를 많이 받아서 아프기도 했다. 다만 걸어가면 걸어갈수록 기이하게도 다음 길이 나오고 또 다른 선택지가 나왔다.

졸업 후 1년 동안 뉴욕에 살면서 가장 힘들었던 일은 생각보다 훨씬 더 초라하고 부족한 스스로를 받아들이는 것이었다. 나 자신의 자아를 해체하고, 상상하고 꿈꾸던 나의 모습을 현재 위치로 끌고 내려와 객관화한 뒤, 내가 특별한 사람이 아니라 평범한 사람임을 인정하는 것.

졸업과 동시에 펼쳐질 줄 알았던 뉴욕에서의 멋진 생활. 그러나 뉴욕 생활은 상상과는 한참 거리가 멀었다. 서서히 밑바닥을 드러내는 통장이 그걸 반증했다. 가장 먼저 돈이라는 현실적인 문제가 날 위협했다. 뉴욕은 확실히 비쌌다. 지금껏 부모님이 주신 돈으로 걱정 없이 살았던 나에게 브루클린 방 한 칸의 월세는 매달 목을 옥죄었다. 게다가 순수미술을 전공한 내가 구할 수 있는 직장은 많지 않았다. 무급 인턴 외에는 외국인인 나를, 심지어 비자 때문에 몇 개월밖에 일할 수 없는 나를 고용하려는 곳도 없었다.

뉴욕에 온 지 어느덧 9개월이 지났다. 사바나와 나의 상황은 역전되어 있었다. 졸업할 때 우리에겐 두 가지 갈림길이 있었다. 풀타임으로 일하느냐, 파트타임으로 일하느냐. 사바나는 개인 작업을 포기하는 대신 제프 쿤스 스튜디오에서 종일 일하는 풀타임을 선택했다. 나는 어차피 1년, 후회

없이 작업을 해보기로 하고 파트타임을 선택했다. 그때 사바나는 모아둔 돈이 없었고 나는 있었기에 할 수 있었던 선택이기도 했다. 그러나 9개월이 지난 지금, 나는 줄어드는 통장 잔고를 확인하며 허덕이고 있고, 사바나는 꾸준히 돈을 모아 어느새 안정기에 접어들고 있었다.

돈이 없다는 건 내가 막연히 상상하던 것보다 훨씬 더 힘들었다. 생활이 고되니 먹는 것도 힘들어지고, 작업에도 집중이 되지 않았다. 고비는 입시철이 끝난 2월에 찾아왔다. 과외를 받던 학생들이 모두 떠나갔고, 구할 수 있을 거라 생각했던 일자리는 구할 수가 없었다. 간신히 구한 아트센터는 일주일에 고작 한두 시간 일하는 것뿐이었다. 이때부터 서서히 좌절하기 시작했던 것 같다. 앞으로 평생 이렇게 살지도 모른다는 생각에 불안했다. 학교 다닐 때 막연히 생각했던, 직장을 못 구해도, 가난해도, 연애를 못 하고 결혼을 못 해도 그림을 절대 포기하지 않을 거라던, 그 당찬 포부가 현실을 몰랐기에 할 수 있는 말이었다는 것을 깨달았다. 현실에 부딪혀 미술을 그만두는 선배들을 보며 안타까워했던 내가, 그들과 같은 상황에 놓이고서야 그들의 심정을 뼈저리게 느끼게 된 것이다.

결국 현금을 주는 식당 아르바이트를 찾아보면서 나는 이곳에서 한낱 외국인 노동자에 불과하다는 사실을 체감했다. 지금껏 살갑게 느꼈던 미국이 그제야 외국으로 다가왔다. 내가 무슨 부귀영화를 누리겠다고 타지에서 이 고생을 하고 있지? 한국으로 돌아가야 하는 걸까?

더 막막한 건 한국에 돌아간다 해도 상황은 별다르지 않을 거란 사실이었다. 한국에서 작업한들, 아르바이트를 전전하는 건 똑같을 것이며 번듯한 직장이 없는 이상 나는 계속 프리랜서라는 이름의 무직자였다. 그럴 거라면 차라리 여기서 어떻게든 버텨보는 게 낫지 않을까 싶다가도, 돈이 없으면 여기에 있을 수 없다는 뼈아픈 현실이 내 어깨에 매달렸다.

그럼에도 나는 괜찮다고 생각했다. 종종 머리가 아프고 마음이 울컥했지만 괜찮다고 되뇌었다. 그런데 내 몸은 다른 말을 하고 있었다.

"PCOS야."

산부인과에서 남자 의사는 생소한 단어를 꺼냈다.

"그게 뭔데?"

"다낭성 난소 증후군Polycystic Ovary Syndrome. 난소에 난포 여러 개가 붙어 있는 현상이야."

난 아프지 않았다. 생리가 반년 넘게 없었을 뿐. 한국에서 들어놓았던 여행자 보험 기간이 남기도 했고, 나보다 더 걱정하는 엄마의 근심을 덜어드리려고 병원에 찾아온 것이다. 단순히 생리 불순일 줄 알았는데, 다낭성 난소 증후군이라니.

"…이해할 수 있게 좀 더 자세히 설명해 줄래?"

의사는 빠른 템포로 설명을 덧붙였다. 의학지식이 전무했던 나는 난포라는 단어는 물론 호르몬의 이름들도 알아듣지 못했다. 어려운 의학용어는 둘째치고 말이 왜 그렇게 빠른지. 멍하니 듣고 있는데 의사가 드디어 내가 알아들을 수 있는 말을 했다.

"증후군Syndrome은 병이 아니야, 현상 같은 거지. 피임약 먹고 피를 나오게 하면 돼."

"피임약은 가짜 호르몬으로 피를 내보내는 거잖아. 그건 원인이 아니라 증상만 고치는 거 아냐?"

의사는 한숨을 내쉬었다.

"나도 한국 사람들이 유난히 피임약을 꺼린다는 걸 익히 들어서 잘 알고 있어. 하지만 피임약에 문제가 있다는 의학적인 근거는 전혀 없어."

"내가 생리를 하지 않은 게 1년간 먹었던 피임약을 끊고 난 뒤 부터야."

사실이었다. 시카고에 있을 때 학교에서 무료로 제공하는 피임약을 1년 동안 복용했고 뉴욕에 와서 자연스럽게 끊었다. 첫 한 달은 제대로 하는 것 같더니 그 이후로 주기가 30일에서 40일로, 50일로 늘어나다가 완전히 없어졌다. 학교 간호사가 약을 끊고 첫 한두 달은 생리가 없을 수 있지만 바로 회복될 거라고 말했었기에 난 단순한 부작용이라 여겼다. 그러나 반년이 지나도 반응이 없자 결국 병원에 온 것이다.

"피임약이 아니라 스트레스가 원인일 거야. 먹는다고 큰일 나지 않으니 걱정하지 마."

"만약… 안 먹는다면?"

나는 주저하면서 물었다. 지난 몇 달간 내가 스트레스를 받은 건 사실이었지만 피임약 부작용일 수도 있는데, 또 먹어야 한다니 꺼려질 수밖에 없었다. 의사는 또 한숨을 내쉬었다.

"이 상황을 지속시킨다면 불임이나 자궁암까지 갈 수 있어."

극단적인 말에 할 말을 잃은 나에게 의사는 황급히 덧붙였다.

"자녀 임신 계획이 있어?"

"지금은 없어."

"그럼 피임약만 먹으면 돼. 나중에 임신하고 싶을 때는 임신유도제를 복용하면 되고."

　나는 기가 막혔다. 그렇다면 5년이 될지 10년이 될지 모르는 기간 동안 자녀계획이 있을 때까지 계속 피임약을 먹다가 임신하고 싶으면 다른 약을 먹으라는 소리인가?

　병원에서 나온 나는 멍한 상태로 걸었다. 내 가방에는 다섯 달 치 피임약이 들어있었다. 피임약은 가격도 비쌌다. 보험이 없으니 매달 5, 60불이라는 소리에 나는 구매를 망설일 수밖에 없었다. 생활비도 빠듯한데 비싼 피임약까지 구매하는 건 어려웠다. 의사는 최근에 제약회사 직원이 주고 간 샘플이 있다며 자리에서 일어났다. 진료실 밖 붙박이 수납장을 열어, 딱 봐도 받고서 대충 던져 놓은 것 같은 쇼핑백을 꺼내 나에게 건넸다. 그 안에는 피임약 5상자가 들어 있었다. '진료는 병원에서, 약은 약국에서'라는 지극히 한국적인 사고를 지닌 나에겐 이 상황이 상당히 충격적이었다.

　나는 어색한 몸짓으로 그 상자를 받았다. 머릿속이 혼란스러웠다. 분명 약을 공짜로 줬으니 고마워해야 하는 상황이었지만, 피임약은 부작용이 많다고 알려져 있고 브랜드마다 부작용이 제각각이다. 어떤 부작용이 있는지 살피지도 않고 좋은 제약회사에서 준 샘플이니 좋을 거라며, 안 그래도 피임약을 불안해하는 환자에게 아무렇지 않게 건넨다는 게 비상식적으로 느껴졌다.

　자연스럽게 진료받기 전에 있었던 일도 떠올랐다. 진료실에 들어가기 전, 간호사는 돈을 먼저 계산해야 한다며 카드기부터 내밀었다. 의사 상담에 150불, 초음파 검사 150불, 총 300불. 진료 전에 돈을 받는 건 한국에서 흔치 않은 일이라 당황스러울 수밖에 없었다. '설마 내가 돈이 없어 보이나?' 그런 생각까지 하며 떨떠름하게 카드를 내밀었다. 미국 의학계는 청

렴함이 아니라 철저히 자본주의로 돌아간다는, 말로만 듣던 일을 맞닥뜨린 기분이었다. 내가 병원을 잘못 찾아온 걸까. 나름 열심히 리뷰를 읽어보면서 고르고 고른 건데…. 물론 병원마다 다를 테고 의사를 보면 돈을 내는 건 당연하지만, 돈을 먼저 내야지만 의사를 볼 수 있다는 사실에 씁쓸해지는 건 어쩔 수가 없었다. 정말 뭐든지 돈이 우선이구나, 이곳은.

지하철역으로 가는 내내 150불이 적힌 두 개의 영수증에서 시선을 떼지 못했다. 큰돈이 이리 허무하게도 날아갔구나. 거기에 700불짜리 혈액검사 고지서도 곧 집으로 날아올 예정이었다. 너무 비싸서 공포스럽기까지 하던 미국의 의료체험을 하고 나니, 몸이 아프면 미국에서 정말 살기 힘들다는 걸 깨달았다. 여행자 보험을 들었으니 망정이지, 안 그랬으면 백만 원이 넘는 돈을 진료 한 번으로 날릴 뻔했다.

이제 문제는 다낭성 증후군이었다. 큰돈을 써서 내 몸의 상태가 좋지 않다는 걸 알아냈지만 어떻게 극복해야 할지 전혀 감이 잡히질 않았다. 더 두려운 것은 한 치 앞도 모르는 미래였다. 불임, 자궁암…. 의사는 혹시 모를 최악의 상황을 알려준 것이라는 걸 안다. 하지만 가능성만으로도 타격은 컸다.

작업을 하느라 결혼도 출산도 하지 않을 수 있다는 생각을 해본 적은 있었지만, 내 커리어를 위해 아이를 낳지 않겠다고 선택하는 것과 불임이기에 임신을 못 하는 것은 큰 차이다. 거기에다가 상황이 악화되면 암이 될 수도 있다니. 단순한 성정체성에 대한 문제를 넘어 목숨이 직결되는 상황이지 않은가.

의사를 만난 후 며칠은 정신적 쇼크와 두려움으로 앓았던 것 같다. 시간이 흐르자 그 감정은 분노로 변했다. 대상이 없는 분노는 이미 지칠 대로 지쳐있는 내 마음을 망가트렸고, 분노 표출은 작업에 반영되었다. 일반 사람 형체가 주를 이루던 내 그림에 여성의 몸이 등장하기 시작했다. 갈 곳 없는 분노를 이렇게라도 풀지 않으면 미칠 것 같았다. 아마 가만히 있으면 내 마음이 견디지 못할 거란 걸 본능적으로 알았는지도 모른다.

"너 그러다가 몸 망가진다. 돈 보내줄 테니까 지인이 소개해줬다는 한의사라도 만나봐."

그런 내게 제동을 건 사람은 엄마였다. 아무 말 없이 수화기만 붙잡고 있으니 엄마가 덧붙였다.

"네 예민한 성격에 그동안 스트레스 엄청 받았겠지. 엄마도 알아봤는데 다낭성 증후군은 스트레스가 독이라더라. 엄마 돈 받는 거 자존심 상한다는 거 알아. 그래도 받아. 건강이 중요하지."

알겠다며 전화를 끊고 많은 생각을 했다. 만약 부모님이 없었다면 혼자서 어떻게든 이 상황을 버텨야 했을 것이다. 작가로 사는 것이 이렇게 가난하고 힘든 거라면, 이런 일이 생겼을 때 나를 돌봐줄 사람이 없다면 정말 미술을 포기할 수도 있겠구나. 꼬박꼬박 들어오는 월급이 얼마나 행복한 일인지, 일정한 생활을 유지할 수 없을 정도로 돈이 바닥나면 사람이 얼마나 비참해지는지, 학교를 졸업한 뒤 1년도 되지 않아 깨달았다. 내가 꿈꾸던 뉴욕, 그곳에서 난 암담한 현실을 맛보고 내 평생 처음 암벽에 부딪혔다.

경주가 아니라
여행처럼

초반에는 아주 사소한 것에도 화가 났다. 예를 들면, 음식. 질환을 고쳐 보겠다고 마음먹은 나는 내가 피해야 할 음식을 검색해보았다. 가장 먼저 빵과 피자 같은 밀가루 음식이 나왔다. 그다음엔 흰쌀, 고기, 설탕, 당분 높은 과일…. 당장 뭘 먹어야 할지부터 고민이었다. 미국에서 밀가루로 만들지 않고 달지 않은 음식은 샐러드 외에 거의 찾기 힘들다. 물론 유기농 식당이 점점 늘어나는 추세지만 여전히 흔하지 않고 가격 또한 비싸다. 할 수 없이 동네 채소 가게에서 값싼 채소를 사서 도시락을 싸서 다니기 시작했다.

어느 날은 도시락을 깜빡하는 바람에 밖에서 식사를 해결해야 했다. 점심시간은 30분, 그러나 아무리 돌아다녀도 내가 먹을 수 있는 게 없었다. 근처에 있는 모든 가게에서 빵과 피자만 팔고 있었다. 점심시간이 10분 남은 상태에서 나는 가까스로 한국 사람이 운영하는 델리샵에 들어가 플라스틱 용기에 담긴 10불짜리 비빔밥을 구매했다. 델리샵 좁은 구석에 앉아 쫓기는 사람처럼 허겁지겁 음식을 흡입했다. 일터로 돌아갈 시간을 생각하면

5분 안에 식사를 끝내야 했다. 배고픔과 다급함, 돈도 없는데 겨우 이런 음식에 10불이나 썼다는 분함과 내 맘대로 음식도 먹지 못한다는 억울함에 눈물이 뚝뚝 떨어졌다.

지금 생각하면 별 일 아니지만, 그 당시 난 마치 몸의 노예가 된 기분이었다. 미국 사람들은 왜 음식을 건강하게 먹지 않을까, 여기가 한국이었다면 이런 일을 겪지 않았을까, 미술을 안 했으면 이런 일이 없었을까, 사람들은 왜 미술에 관심이 없어서 돈 없고 빽 없는 예술가는 가난하게 살아야 할까, 친구들은 잘만 취업하는데 난 왜 이렇게 작고 초라할까···. 이 모든 것이 겨우 10불짜리 비빔밥에서 시작된 생각이었다. 10분, 그 짧은 시간 동안 온갖 나쁜 생각을 할 만큼 나약해져 있었다.

나는 엄마의 조언대로 아트센터를 제외한 모든 일을 끊었다. 이번 달만 버티면 다음 달부터 아트센터에서 여름방학 수업을 맡아 오래 일할 수 있었다. 그때까지 내 몸과 작업에만 신경 쓰기로 했다. 먼저 전문가에 조언을 구하고, 블로그와 책으로 내가 가진 질환을 공부했다. PCOS는 생각보다 현대 여성들에게 흔한 질환으로, 내 주변에도 앓고 있는 사람이 두 명 정도 있었다. 그러나 흔하다고 해서 괜찮다는 뜻은 아니었다. 내 감정적 소용돌이를 잠재울 무언가가 필요했다.

요가를 시작했다. 하루 한 시간씩, 조용한 공간에서 긴 호흡으로 동작을 할수록 잡념이 사라졌다. 시도 때도 없이 울컥하는 마음도 가라앉았다. 운동이 건강뿐만 아니라 정신 수양에 좋다는 걸 요가를 통해 알게됐고, 건강한 몸에 건강한 정신이 깃든다는 말을 믿기 시작했다.

남은 시간은 작업을 하고 전시를 보러 다니는 데 쏟았다. 그림을 한 장

씩 완성할수록, 마음속에 켜켜이 쌓인 응어리를 풀고 나만의 해답을 찾아갈 수 있었다. 새로운 작품을 구상하고 사람들을 만나 다양한 이야기를 했다. 특히 앞서 걷고 있는 선배들의 작업실에 찾아가 그들의 이야기를 많이 들었다. 졸업하고 힘들었던 이야기, 뉴욕에 처음 와서 겪었던 일, 그 와중에도 기뻤던 일들…. 내 삶과 밀접한 다른 사람들의 경험과 해석이 내 안에 차곡차곡 쌓이면서, 내가 처한 상황을 서서히 받아들이게 되었다.

나는 내 괴로움이 질환으로 인한 것이 아니란 걸 깨달았다. 몸의 병은 내가 선택한 것들에 의한 부수적인 결과일 뿐이었다. 뉴욕에서 힘들게 버티면서 얻은 스트레스가 서서히 쌓이다가, 결국 몸으로 나타난 것이다. 그렇게 스스로 결론을 내리고 나니 한결 마음이 편했다. 사소한 일로 울컥하고 땅굴을 파는 일도 없어졌다. '해답은 나에게 있다'는 뻔한 진리가 정답이었을 줄이야. 나는 나 자신에게 무엇이 불만이고 힘든지 끊임없이 묻고 답하다가 결국 자기반성에 이르렀다. 반성해야 할 것이 수도 없이 많았지만 정리를 해보니 총 네 가지로 압축할 수 있었다.

첫째, 나는 그동안 스트레스를 간과했다. 너무 앞만 보고 달려서 내가 스트레스를 많이 받고 있는지도 몰랐고 스스로에게 휴식을 주지 않았다. 잠시 딴짓을 하거나 쉴 틈을 갖는 것조차 죄스럽게 여겼다. 그러지 말라고 내 몸이 신호를 보내고 있음에도 나는 그걸 완전히 무시했다.

둘째, 외국인으로서 '뉴욕의 삶'에 대한 사전 조사가 부족했다. 원래 졸업 후 1년이 가장 힘든 법이다. 난 그걸 간과하고 직장도 없이 뉴욕에서 살기로 한 것이다. 게다가 난 외국인이었다. 고달프리라 예상은 했으나 열정 하나로 다 해결될 것이라 믿었고, 조사에 소홀했다.

셋째, 돈을 너무 우습게 봤다. 자본주의 사회, 그것도 자본주의의 끝판왕인 미국에서 돈은 삶의 중요한 일부분이다. 특히 외국인에겐 더욱 그렇다. 기본적인 생활 수준이 떨어지면 정신이 피폐해지는 건 당연하다. 돈이 그렇게 무서운 것이라는 걸 이론으로만 알았지 직접 체험한 적이 없었다.

넷째, 스스로에 대한 착각이 컸다. '뉴욕'이라는 단어에 눈이 멀어 앞으로 다가올 미래에 대해 막연한 기대감만 가지고 있었다. 무사히 학교를 졸업하고 그림을 팔아 자금을 마련할 수 있었던 것도 착각에 한몫했다. 사람은 누구나 고난을 겪는다. 자존감이 올라간 만큼 나를 더 돌아봤어야 했다. 반성 없는 자존감은 자만심과 다름없다.

결국, 뉴욕에서의 첫 일 년은 '경험 부족'이라는 한마디로 정리할 수 있다. 뉴욕에 오기만 하면 어떻게든 전시를 하고 그림을 팔고 작가로 인정받을 거라는 순진한 착각. 그것이 얼마나 무모하고 어리석은 것인지 이제는 안다. 이론과 실전의 차이는 어마무시하다는 걸, 이 치열한 서바이벌 게임에서 HP가 바닥을 치고 나서야 깨달았다.

이런 마음 정리는 나의 현재 위치를 인식하고 적응하는 데 큰 도움이 됐다. 현재 위치와 내가 바라는 위치가 얼마나 먼지도 알게 됐다. 거리를 재고 나니 이제 어떻게 그 길을 가야 할지가 숙제로 남았다. 여전히 답은 없다. 그러나 분명한 건, 앞으로 나아가기 위해서는 무엇보다 건강이 우선되어야 한다는 사실이다. 중간중간 충분히 쉬어가면서 물도 마셔야겠다. 보이지 않는 목적지만 좇는 대신, 나와 가장 가까운 지점부터 바라보면서 지도도 살피고 지나가는 사람에게 길을 물어보기도 하고 잘못 왔으면 왔던 곳으로 돌아가야지. 함께 걷는 친구를 만들기도 하고 주위 풍경도 즐겨야지. 어차

피 선수는 나밖에 없는데, 경주가 아니라 여행을 해야지.

그렇게 마음먹고 몇 년이 흘렀다. 내 삶은 여전히 무섭고 외롭고 아슬아슬하다. 다만 마음은 전보다 편하다. 불안하지 않다면 거짓말이겠지만, 바닥에 한 번 넘어지고 나니 돌부리가 전처럼 무섭지는 않는다. 무섭더라도 외면하지는 않는다. 건강도 잘 챙기고 있다.

뉴욕에 온 것을 후회하느냐고 나 자신에게 틈틈이 물어보곤 한다. 대답은 항상 'NO'다. 과거로 돌아가더라도 똑같이 뉴욕에 왔을 것이고 똑같은 절차를 밟았을 것이다. 내가 했던 그 자잘한 선택들은 그때의 나에겐 최선이었으니까. 오히려 도전해보길 잘했다고 나 자신을 쓰다듬어 주고 싶다. 부딪혀보지 않고 한국으로 돌아갔다면 나는 내 경험 부족과 오만함을 눈치채지 못했을 테고, 내 성격에 분명 뉴욕에 대한 궁금증으로 객사했을 게 분명하다. 그래, 몇백 번을 생각해도 객사보단 지금이 훨씬 낫다.

PART4
····················

뉴욕에서 예술 즐기기

'첼시 오프닝'은 예술을 좋아하는 사람들에게
빠질 수 없는 이벤트이다.
사람들은 와인을 마시며 자유롭게 그림을 감상하다가,
반가운 얼굴을 발견하면 자연스럽게 인사하고
자신의 무리에 초대해 이야기를 나눈다.
세계적인 아티스트, 컬렉터, 큐레이터 등 미술계 관계자를 비롯한
다양한 직종의 사람들이 한데 어울려
시간을 보낼 수 있는 기회이기도 하다.
이렇듯 목요일 밤 첼시는 축제의 밤이자 사교의 장이 된다.

〈Dinner〉 91×122cm Oil on canvas 2016 일부

목요일 마법의 시간
첼시 오프닝

매주 목요일, 첼시 거리는 미술 애호가와 아티스트, 컬렉터 등 미술에 관심 있는 사람들로 북적인다. 저녁 6시부터 시작하는 첼시 갤러리 오프닝 때문이다.

첼시는 뉴욕 맨해튼에 위치한 동네로, 첼시마켓, 하이라인, 휘트니미술관으로 유명하다. 구글 뉴욕 지사도 첼시마켓 바로 건너편에 위치해 있다. 첼시가 특히 예술계에서 특별한 이유는, 휘트니미술관을 비롯해 18가부터 28가 사이에 포진되어 있는 어마어마한 숫자의 갤러리 덕분이다. 전 세계적으로 잘 알려진 페이스갤러리와 데이비드즈워너갤러리, 하우저앤워스, 가고시안갤러리 등 괴물 갤러리들이 전부 이곳, 첼시에 있다. 미술관 전시나 현대 미술에서 빠지지 않고 거론되는 많은 작가들이 대부분 이들 갤러리의 소속작가로 활동하고 있으며, 첼시만 둘러봐도 현재 국제적으로 명성 있는 작가가 누구고, 주목받는 신진작가는 누구인지 금세 파악할 수 있다.

그렇기에 첼시에서 열리는 오프닝은 예술을 좋아하는 사람들에게 빠질 수 없는 이벤트이다. 사람들은 와인을 마시며 자유롭게 그림을 감상하다가, 반가운 얼굴을 발견하면 자연스럽게 인사하고 자신의 무리에 초대해 이야기를 나눈다. 세계적인 아티스트, 컬렉터, 큐레이터 등 미술계 관계자를 비롯한 다양한 직종의 사람들이 한데 어울려 시간을 보낼 수 있는 기회이기도 하다. 이렇듯 목요일 밤 첼시는 축제의 밤이자 사교의 장이 된다.

어쩌다 유명한 갤러리 몇 군데가 동시에 오프닝 행사를 하는 날에는 첼시의 모든 거리가 사람들로 초토화된다. 어느 갤러리에 할리우드 스타가 나타났다는 얘기도 심심찮게 들을 수 있다. 운이 좋다면 예술계를 주름잡는 유명 작가를 직접 맞닥트리기도 한다.

여느 때와 같은 어느 목요일 밤이었다. 사바나와 나는 첼시의 가고시안 갤러리에서 전동 휠체어에 앉아 있는 척 클로스Chuck Clause를 발견했다. 척 클로스는 독일의 게르하르트 리히터Gerhard Richter와 함께 포토리얼리즘 회화를 대표하는 작가다. 그의 존재를 가장 먼저 눈치챈 건 사바나였다. 사바나는 내 옆구리를 쿡쿡 찌르며 귓속말을 했다.

"척이 왔어!"

"누구?"

"척 클로스!"

나는 뒤를 돌아보고 입을 떡 벌렸다. 유명한 그의 초상화보다 몇십 년은 더 나이 든 척 클로스가 제프 쿤스의 전시에서 그림을 감상하고 있었다. 오프닝이 시작한 지 10분도 채 되지 않았기 때문에 갤러리는 한산했다. 일부러 붐비지 않는 시간대를 골라 전시를 보러 온 것 같았다. 이미 몇몇 사람들은 그를 알아보고 힐끔힐끔 쳐다보고 있었다. 그때 카메라를 꺼내든 한 여

성이 그에게 함께 셀카를 찍자고 했다. 그가 미소를 지으며 수락하자, 덩달아 용기를 낸 사람들이 하나둘씩 모여들기 시작했다.

"우리도 찍어달라고 할까?"

"그래도 될까?"

"사람들이 많이 물어봐서 성가셔하려나?"

가장 먼저 척과 사진을 찍었던 여성이 우리의 대화를 들었는지 웃으면서 다가왔다.

"척은 원래 관객이랑 사진 잘 찍어주기로 유명해."

"정말?"

"응, 그러니까 어서 가서 찍어!"

그녀는 우리의 등을 떠밀었다. 결국 용기를 낸 나는 조심스럽게 사진을 부탁했고, 그녀는 내 사진기를 받아 사바나와 나 그리고 척 클로스가 함께 한 사진을 찍어주었다.

사실 사람 많은 곳이 싫고 전시를 빨리 관람할 생각이 없다면 굳이 오프닝에 갈 필요는 없다. 주중이나 주말, 한적한 시간대에 전시를 보러 가면 그만이다. 사교모임도 인맥을 구축하는 것이 아니라면 결국 친구들과의 '행-아웃hang-out, 함께 노는 것'으로 끝날 뿐이다.

그러나 젊은 예술인에게 있어서 첼시 오프닝이 소중한 이유는, 평소 존경하는 작가를 직접 볼 수 있다는 것이다. 전 세계의 많은 작가들이 뉴욕에 기반을 두고 작업한다. 우리나라를 대표하는 김수자, 서도호 등의 작가도 뉴욕에 스튜디오가 있다. 게다가 외국에 기반을 두고 비행기를 타기 힘든 나이 지긋한 거장이 아닌 이상, 첼시에서 열리는 자신의 개인전 오프닝에 얼굴을 드러내지 않는 작가는 거의 없다. 인터넷 기사나 책으로만 봐 왔던, 내가 닿을 수 없는 먼 곳에 살 것 같은 예술가들이 바로 내 눈앞에서 작품에 대해 이야기하는 모습을 보는 것만으로도 큰 자극이 됐고 뉴욕에 있다는 사실이 참 행복했다.

미술 작품을 좋아하는 사람이나 예술 관련 전공자라면 시간을 넉넉히 잡고 첼시 18가부터 28가까지 포진해 있는 갤러리들을 꼭 돌아보기를 추천한다. 만약 시간이 넉넉하지 않다면 첼시에서 가장 유명한 5대 갤러리만이라도 놓치지 말자. 게다가 입장료가 비싼 미술관과 달리 갤러리는 대부분 무료입장이다.

Tip.1

페이스갤러리
The Pace Gallery

뉴욕에서 가장 유명한 갤러리라고 할 수 있다. 첼시에만 3개의 갤러리가 더 있다. 뉴욕 외에도 베이징, 홍콩, 팔로알토, 런던, 서울에 위치해 있다.

대표 작가

척 클로스, 데이비드 호크니, 마크 로스코

주소 537 W 24th St / 510 W 25th Street, New York, NY 10011
관람시간 10:00am~6:00pm(일, 월 휴무)
홈페이지 pacegallery.com

Tip.2

데이비드즈워너갤러리
David Zwirner Gallery

독일의 아트 딜러인 데이비드 즈워너가 소유한 갤러리로 뉴욕과 런던에도 갤러리가 있다. 즈워너는 2011년 이후 미술계 영향력 10위 안에 꾸준히 들고 있는 인물이다.

대표 작가

댄 플래빈, 스탠 더글러스, 쿠사마 야요이

주소 525 W 19th St / 537 W 20th Street, New York, NY 10011
관람시간 10:00am~6:00pm(일, 월 휴무)
홈페이지 davidzwirner.com

가고시안갤러리에서 열린
데미안 허스트 전시 전경.

Tip.3

가고시안갤러리
Gagosian Gallery

래리 가고시안이 소유하고 감독하는 갤러리다.
뉴욕에 5개, 런던에 3개, 파리에 2개, 베벌리 힐
스, 샌프란시스코, 로마, 아테네, 제네바, 홍콩에
각 1개씩 갤러리가 있다.

대표 작가

데미언 허스트, 제프 쿤스, 리처드 세라

주소　　　 522 W 21th St / 555 W 24th Street,
　　　　　　 New York, NY 10011
관람시간　 10:00am~6:00pm(일, 월 휴무)
홈페이지　 gagosian.com

Tip.4

글래드스톤갤러리
Gladstone Gallery

아트 딜러이자 영화 제작자인 바바라 글래드스
톤이 소유한 갤러리로 규모 있는 전시와 실험적
인 설치 작품을 소개한다. 뉴욕에 2개, 브뤼셀에
1개가 있다.

대표 작가

애니쉬 카푸어, 매튜 바니

주소　　　 530 W 21th St, New York, NY 10011
　　　　　　 515 W 24th St, New York, NY 10011
관람시간　 10:00am~6:00pm(일, 월 휴무)
홈페이지　 gladstonegallery.com

데이비드즈워너 갤러리 전시 전경.
〈This is Not a Prop〉이 진행 중이다.

Tip.5

하우저앤워스
Hauser & Wirth

스위스에 기반한 갤러리로, 1992년 스위스 취리
히에 세워졌다. 지난 26년 동안 번창하여 현재는
뉴욕, 홍콩, 런던, 로스 엔젤리스, 취리히 등 여러
도시에 위치해 있다.

대표 작가

피에르 위그, 마이크 켈리 재단, 폴 매카트니

주소　　　548 W 22th St, New York, NY 10011
관람시간　10:00am~6:00pm(일, 월 휴무)
홈페이지　hauserwirth.com

그 외 추천 갤러리 리스트

- 리먼머핀갤러리(Lehmann Maupin)
  www.lehmannmaupin.com

- 303갤러리(303 Gallery)
  www.303gallery.com

- 제임스코헨갤러리(James Cohan Gallery)
  www.jamescohan.com

- 메리분갤러리(Mary Boone Gallery)
  www.maryboonegallery.com

- 타냐보낙더갤러리(Tanya Bonakdar Gallery)
  www.tanyabonakdargallery.com

- 퍼거스맥카프리갤러리(Fergus McCaffrey)
  fergusmccaffrey.com

- 시케마 젠킨스갤러리(Sikkema Jenkins & Co.)
  www.sikkemajenkinsco.com

- 펫즐갤러리(Petzel Gallery)
  www.petzel.com

봄을 알리는 예술 이벤트
아트페어

봄이 되면 뉴욕 날씨는 밀당의 고수가 된다. 4월 중순까지 0도에서 10도 사이를 오락가락하다가, 갑자기 영상 15도를 찍고 다음날 5도로 뚝 떨어지기도 한다. 봄옷을 꺼냈다가 다시 겨울옷을 꺼내고, 다시 봄옷… 이쯤 되면 장롱 안은 이미 아수라장이다.

가만 보면 뉴욕에서는 날씨보다 미술시장이 먼저 봄을 알린다. 따뜻한 바람이 동면하던 동물을 깨우듯, 뉴욕은 3월이 되면 유명한 아트페어부터 길거리의 소소한 아트페어까지 다양한 페어로 잠들어 있던 미술 애호가의 굶주린 배를 툭툭 건드린다.

그중 스프링/브레이크 아트쇼Spring/Break Art Show는 정말이지 봄과 딱 어울리는 아트페어다. '봄방학spring break'이라니, 이름부터 설레는 이 행사에 먼저 다녀온 친구들이 하나같이 호평을 했던 터라, 올해는 꼭 찾아가 보기로 했다.

"말도 안 돼."

아트페어 당일, 하늘에서는 거짓말처럼 눈이 내렸다. 그것도 하늘하늘 예쁘게 내리는 눈이 아니라, 휘몰아치는 눈보라가. 정말 울고 싶었다. 어떻게 아트페어가 열리는 일주일 중 내가 티켓을 산 딱 그날에 눈이 내리는 걸까. 다른 날로 바꾸고 싶은 마음이 굴뚝같았지만 사전예매 티켓이라 바꿀 수도 없었다.

결국 나는 오리털 파카로 무장하고 거리를 나섰다. 3℃의 날씨에 눈이 내리니 바닥에 닿자마자 녹아내렸다. 마치 회색 슬러시가 길에 가득 차 있는 것 같았다. 긴 여정 끝에 간신히 승차한 전철 안은 비 냄새와 젖은 옷이 마르면서 생긴 수증기, 그리고 텁텁한 히터 바람이 섞여 후덥지근했다. 분명 방습이라고 알고 산 오리털 파카는 이미 잔뜩 젖어 무용지물이었다. 나는 젖은 오리털에서 나는 특유의 냄새를 맡으며 페어가 열리는 타임스스퀘어로 향했다.

생긴 지 얼마 안 된 스프링/브레이크 아트쇼는 아직 명성이 높진 않지만 뉴욕에서, 특히 젊은 작가들 사이에서 유명하다.

보통 아트페어는 미술품 판매라는 분명한 목적이 있기 때문에 상업적일 수밖에 없다. 유명한 아트페어일수록 유명 작가나 갤러리 위주로 부스를 구성하고, 관객이 좋아할 만한 스타일의 작품을 내놓는다.

그러나 스프링/브레이크 아트쇼는 신진작가를 위주로 구성해 상업적인 분위기보다는 신선한 창작물과 실험정신이 돋보인다. 특히 매년 다른 주제와 젊은 작가들의 다양한 시각 덕분에 전시가 독특할 수밖에 없다. 컬렉터와 큐레이터들은 새로운 작가와 작품을 발굴하고, 젊은 작가들은 작품을 팔아 돈을 버니 일석이조다. 비록 참여 작가를 뽑는 절차가 까다롭지만, 다

른 아트페어에 비해 참가비도 저렴한 편이어서
가난한 예술가들에겐 부담이 적다.

올해 스프링/브레이크 아트쇼는 '이방인'이
라는 주제로 진행됐다. 정치와 문화, 두 개의 방
면으로 접근할 수 있는 주제였다. 전시장은 두
개의 층으로 이루어져 있었는데, 첫 번째 층은
정치 관련 전시가 모여 있었다. 예상대로 성차
별, 인종차별, 자연환경 등에 관련된 트럼프 정
책을 비판하는 내용이 많았다. 그중 가장 인상
적인 것은 중앙에 설계된 설치작품이었다. 제동
장치에 달린 여러 개의 팻말이 빨간 버튼을 누
르자 기계 소리와 함께 위아래로 움직였다. 비
록 작품이 전달하는 메시지가 분명하고 직접적
이어서 관객이 생각할 여유가 없다는 아쉬움이
있었지만, 작품의 규모와 기계를 이용한 장치
는 확실히 시선을 사로잡았다. 작품을 관람하면
서 작년 미국 각지에서 열렸던 시위가 자연스럽
게 떠올랐다. 그중 몇 개는 나도 직접 참여했기
에 그 순간이 얼마나 특별했는지 잘 알고 있었
다. 작품에는 음성이 없었지만 전시를 감상하는
내내 그때 당시 들었던 환호 소리와 시위소리가
다시 들리는 듯했다.

스프링/브레이크 아트쇼 전시 전경.
젊은 작가들의 재기발랄한 시선이 담긴 작품으로
볼거리가 가득하다.

트럼프 정책에 반대하는 내용의 전시를 관람하며
뜨거웠던 시위 현장이 떠올랐다.

개성 있는 작품들로 가득한 수많은 부스 중 유독 오래 시선이 머문 곳이 있었다. 세월호와 촛불시위에 관한 전시장이었다. 자연스럽게 나의 발걸음은 그쪽으로 향했다. 작은 부스에는 시위하는 국민들의 사진이 벽지처럼 도배되어 있었다. 중간에 액자들이 걸려 있었는데, 세월호의 유가족과 일련의 시위현장 사진이었다. 다양한 국적의 사람들이 진지하게 작품을 관람하며 전시를 기획한 한국인 큐레이터의 설명을 듣고 있었다. 사진을 하나하나 들여다보던 나는 가슴이 답답해져 간신히 마지막 사진까지 보고 전시장을 나왔다. 마음을 아프게 짓누르는 돌덩어리가 쉽사리 없어지지 않았다. 그것은 일종의 죄의식이었다. 죽어가는 아이들을 보면서 아무것도 할 수 없다는 무력감에서 오는 죄의식. 사고가 일어났던 당시, 난 잠시 휴학을 하고 한국에 체류 중이었다. 부모님 집 거실에서 TV를 통해 그 장면을 생생히 목격했다. 죄책감, 충격, 미안함, 슬픔…. 그 당시 느꼈던 모든 감정이 되살아났다. 후에 뉴저지에 사는 친구가 그 작품을 봤다며 함께 마음 아파해 주었다. 큐레이터의 설명을 듣고 사진을 보다가 눈물을 흘렸다고 했다. 동서고금을 막론하고 작품을 통해 이름 모를 타인의 슬픔을 공유하고 공감할 수 있다는 것, 그것이 미술의 진짜 힘이 아닐까.

아쉽게도 내가 산 티켓은 관람 가능 시간이 한 시간 뿐이었다. 혹시라도 좋은 작품을 놓칠세라 발 빠르게 전시장 곳곳을 돌아다녔다. 회화와 조각, 퍼포먼스, 미디어 아트부터 VR을 이용한 작품까지, 정말 다양했다. 스프링/브레이크 아트쇼는 확실히 연륜과 완성도가 높은 작품으로 채워진 여타 아트페어와는 분위기가 달랐다. 이곳은 가공되지 않은 보석, 특히 지금껏 보지 못한 새로운 보석들로 가득했다. 다듬어지지 않은 날 것 그대로의

다양한 미디어를 활용한
독특한 작품들이 눈에 띈다.

느낌이 전시장에 활기를 불어넣었다.

이제 문을 닫는다며 경비원이 사람들을 내보내기 시작했다. 사람들에 섞여 전시장을 빠져나왔다. 바깥은 여전히 눈이 내리고 있었다. 눈바람에 휘말린 타임스스퀘어는 하늘이 제대로 보이지 않았다.

나는 뉴욕에 처음 도착해 모든 것이 새로웠던 날들을 떠올렸다. 말로만 듣던 뉴욕현대미술관, 메트로폴리탄미술관 같은 대형 미술관은 물론, 페이스갤러리, 가고시안갤러리 등 유명 갤러리 곳곳을 돌아다니며 연신 감탄사를 내뱉었었다. 존경하는 작가들의 작품을 직접 눈으로 볼 수 있다는 것 자체가 감격스러웠고, 그들의 작품을 틈틈이 눈으로 익히며 공부했다.

그러나 모든 것이 항상 새로울 수는 없는 법. 해가 지날수록 유명 갤러리들의 전시가 식상해졌다. 새로운 작가의 전시가 아니면 굳이 찾아가 보는 일도 줄었다. 연륜 있는 작가의 작품은 이미 가공되어 '완성'된 작품이라는 걸 깨달은 것이다. 그들의 완숙미를 배우기엔 나는 아직 경험이 부족했다. 내가 원하는 건 내 작품을 발전시킬 수 있는 영감과 아이디어였다. 나는 마치 가공식품에 질린 사람처럼 날 것의 작품을 찾아다니기 시작했다. 더 현대적인 것, 더 '현실'적인 것, 나의 동시대에서 만들어지는 작품들…. 나는 이제 나와 비슷한 연령대의 작가들이 만들어 가는 작업이 더 궁금하다. 나와 같은 시대를 살아가는 이들은 어떤 관심사와 재료로 작품을 만들고 있을까. 어떤 고민을 하고 있을까. 스프링/브레이크 아트쇼는 그걸 충족시켜주는 아트페어였다.

아트페어는 작품 판매가 목적이기 때문에 미술관처럼 작가의 철학이 드러나는 전시를 찾기는 어렵다. 하지만 아트 비즈니스에 관심 있고, 동시대에 활동하는 작가들의 작품을 한 번에 관람하고 싶은 사람들에게는 최고의 예술 행사다. 개최 시기와 장소는 자주 바뀌니 미리 확인하고 가자.

Tip.1

프리즈 아트페어
Frieze Art Fair

아트바젤과 더불어 세계적으로 가장 권위 있는 아트페어 중 하나다. 영국에서 시작되었으며 현재 뉴욕과 런던에서 매년 개최되고 있다. 전 세계 유명 갤러리와 작가들이 모이므로, 현대 미술을 이끄는 작품들을 보고 싶다면 꼭 가보기를 추천한다. 저렴한 티켓은 금방 매진되니 한두 달 먼저 구매해놓는 것이 바람직하다.

개최 시기 5월
장소 Randall's Island Park, NY
홈페이지 frieze.com

Tip.2

더 아모리쇼
The Armory Show

뉴욕의 대표 아트페어로, 1913년에 개최된 미국 최초의 국제 현대미술전 '아모리쇼'와 종종 혼동하는 경우가 있지만 별개의 아트페어이다. 더 아모리쇼는 1994에 처음 개최되었으며 매년 3월 맨해튼의 서쪽 Piers 92&94에서 열린다. 세계적인 갤러리와 아티스트가 참여하고, 다양한 부대 행사가 함께 진행된다.

개최 시기 3월
장소 Piers 92 & 94, 711 12th Avenue, NY
홈페이지 www.thearmoryshow.com

스프링/브레이크 아트쇼
Spring/Break Art Show

가장 최근에 생긴 아트페어로, 독립 갤러리와 큐레이터가 구성한 신진작가의 작품이 주를 이룬다. 매년 다른 주제에 젊은 작가들의 새로운 시각이 더해져 재기발랄하고 실험적인 작품을 만나볼 수 있다. 현대 미술, 특히 뉴욕에서 활동하는 젊은 세대 작가의 관심사와 유행에 관심 있다면 꼭 들러 보기를 추천한다.

개최 시기 3월
장소 매년 변경
홈페이지 www.springbreakartshow.com

어포더블 아트페어
Affordable Art Fair

이름 그대로 가격이 적당한 작품들을 판매하는 아트페어다. $1000 아래의 작품들도 많이 나와 있기에 비교적 부담없이 작품을 구매할 수 있다. 뉴욕 외에도 홍콩, 싱가포르, 밀라노 등 전 세계적으로 열리는 행사로, 유명 작가부터 이제 막 졸업한 신진 작가까지 다양한 작품을 다루는 것이 특징이다.

개최 시기 1년에 두 번. 주로 봄가을에 열린다.
장소 Metropolitan Pavilion, 125 W 18th st, NY
홈페이지 affordableartfair.com

작지만 강한
뉴욕의 보물창고

퀸스미술관에서 일하고 있을 당시, 내 상사이자 큐레이터인 라리사가 인턴 사원증을 건네며 귀띔했다.

"이거 팁인데, 미술관 사원증 있으면 뉴욕 소재 모든 미술관에 무료로 입장할 수 있어."

나는 눈이 휘둥그레졌다. 라리사는 모를 줄 알았다는 듯 빙그레 웃었다.

"정말? 인턴이어도?"

"응, 상관없어. 게스트 한 명도 데려갈 수 있을걸?"

나는 속으로 만세를 외쳤다. 그 많은 미술관을 전부 무료로 입장할 수 있다니! 구글에 '뉴욕 미술관'을 검색해보았다. 화면은 순식간에 엄청난 정보로 가득 찼다. 구글 지도는 뉴욕의 대표 미술관 20곳을 선정해 위치를 알려주었다. 새삼스럽게 뉴욕이 미술의 보고라는 사실이 와닿았다. 그해 여름, 나는 물 만난 물고기처럼 자유롭게 뉴욕시를 누비며 미술관을 둘러보았다. 무엇보다 티켓이 비싼 뉴욕현대미술관과 휘트니미술관을 무료로 입장할 수 있는 것이 가장 좋았다.

뉴욕은 미술관 입장료가 비싼 편이다. 유럽처럼 학생과 예술가에게 주는 무료 혜택도 없다. 예술가는 비교적 저렴한 가격에 연간회원권을 구입할 수 있지만, 그마저도 체류 기간이 짧은 여행객에겐 무용지물이다. 역시나 돈과 관련된 것만큼은 야박한 곳이다. 여행객들은 대부분 메트로폴리탄미술관, 뉴욕현대미술관, 구겐하임미술관을 들른다. 미술에 크게 관심이 없다면 메트로폴리탄미술관만 들르는 경우도 많다.

나 또한 뉴욕에 온 첫 일 년 동안은 틈만 나면 대표 미술관 세 곳을 드나들었다. 덕분에 미술관마다 내가 좋아하는 작품이 어디 있는지, 소장품 전시관과 특별 전시관은 몇 층에 있는지, 화장실은 어디 있는지 빠삭하게 꿰뚫고 있다. 하지만, 시간이 지날수록 큰 미술관에 가는 횟수는 점점 줄어들었다. 처음엔 직접 볼 수 있다는 사실만으로 황홀했던 각 미술관 소장품에 익숙해지기도 했고, 유명 작가의 작품이 주를 이루는 대규모 전시보다는 소규모 미술관과 작은 갤러리로 관심이 옮겨간 것도 이유였다.

뉴욕의 작은 미술관들에서는 좀 더 파격적이고 실험적인 동시대 작품으로 전시를 구성한다. 모마 PS1과 뉴뮤지엄은 뉴욕현대미술관의 반도 안 되는 규모의 작은 미술관으로, 가장 동시대적인 미술, 즉 신진작가의 작품들을 주로 다룬다. 이곳에서 전시되는 작가의 연령대를 살펴보면 주로 30대에서 50대 사이로 젊은 편이고, 가끔씩 20대 작가의 작품도 볼 수 있다.

뉴욕에서 활동하는 많은 젊은 예술가가 이 두 미술관에서 전시하기를 꿈꾼다. 모마 PS1은 이름에서 바로 알 수 있듯이 뉴욕현대미술관의 계열사다. 맨해튼 53가에 위치한 뉴욕현대미술관의 정식 명칭은 'Museum of

모마 PS1의 거대한 설치 작품.
다듬어지지 않은 실험적인 작품들을 만날 수 있다.

Modern Art'로 근대부터 현대까지의 미술 작품을 다룬다한국에서는 뉴욕'현대'미술관이라고 부르지만, 뉴욕'근현대'미술관이 정확하다. 특히 소장품전은 1880년대 후기 인상주의부터 1950년대 팝아트까지 근현대 미술사의 흐름을 잘 표현하고 있다. 이렇듯 1880년대부터 오늘날까지 방대한 기간의 작품을 전시하다 보니, 현재 이 시각에도 새롭게 창조되는 현대 미술 작품은 부족할 수밖에 없다. 그걸 보충해주는 곳이 바로 모마 PS1이다.

모마 PS1이 처음부터 뉴욕현대미술관의 계열사였던 것은 아니다. PS1은 뉴욕시의 쓰이지 않는 건물과 공간을 이용해 전시를 열어보자는 목표로 하이스Alanna Heiss에 의해 세워진 기관이다. 그 후 20여 년간 예술가들

의 작업실과 전시공간으로 쓰이다가, 증축 공사를 거쳐 1997년 'P.S.1 현대
미술 센터'로 탈바꿈했고, 2000년에 정식으로 뉴욕현대미술관의 계열사가
되었다. 실험적인 프로젝트로 시작되었던 초기 이념 덕분일까. 뉴욕현대미
술관이 잘 다듬어진 미술 교과서 느낌이라면, 모마 PS1은 건물양식부터 소
장 작품들까지 검열되지 않은 실험공장 느낌이다. 실제 뉴욕현대미술관도
모마PS1을 '예술 실험실'이라 부르고 있으며, 이러한 특성을 바탕으로 동
시대 현대 미술을 다루는 선두주자로 자리매김했다. 무엇보다 비정기적으
로 열리는 'Museum in the night'라는 이벤트는 한밤중 미술관 탐방은 물
론, 미술관에서 음악을 들으며 파티를 즐기는 이색적인 경험을 선사해 젊

은 관객들에게 인기를 끌고 있다.

차이나타운과 이스트빌리지 사이에 있는 뉴뮤지엄은 1977년에 한때 휘트니미술관의 큐레이터였던 마시아 터커Marcia Tucker에 의해 개관했다. 뉴뮤지엄이 뉴욕 현대미술계에서 빠지면 섭섭한 이유는, 2차 세계 대전 이후 오직 현대 미술만을 위해 뉴욕시에 세워진 첫 공식미술관이기 때문이다.

뉴뮤지엄은 거대한 블록을 떠오르게 하는 외관으로 시선을 집중시키며, 탁 트인 유리 벽을 통해 실내가 보여 오가는 사람들의 궁금증을 자아낸다. 게다가 가끔씩 건물 위에 등장하는 유령선이나 장미꽃, 무지개 같은 설치미술은 미술관의 독특한 철학과 더불어 심심한 뉴욕 거리에 좋은 볼거리를 제공한다.

뉴뮤지엄은 모마PS1에 비하면 실험적인 느낌은 다소 부족하지만, 회화, 조각, 설치, 애니메이션, 필름 등 다양하고 재미있는 현대 미술 작품을 많이 만날 수 있다. 무엇보다 3년마다 트리엔날레를 열어 신진작가를 발굴하고 소개하며, 관객과의 소통을 유도하는 설치작업으로 대중에게 다가가려는 노력을 게을리 하지 않는다. 뉴뮤지엄 트리엔날레는 어쩔 수 없이 휘트니 미술관의 비엔날레와 비교되곤 하는데, 미국인이면서 이미 예술계에서 인정받은 작가가 주를 이루는 휘트니 비엔날레와 달리 뉴뮤지엄이 선별하는 작가들은 국적이 다양하고 비교적 덜 알려진 젊은 작가들이다. 이러한 행보는 전 세계의 작가들과 협업하고, 제노포비아xenophobia, 외국인 혐오에 대항하는 뉴뮤지엄만의 가치관에 부합하기에 더 인정할 수밖에 없다.

모마 PS1
MoMA PS1

현대 미술 트렌드와 실험적인 작품들을 전시하는 곳. 상시 자유지불 시스템으로 되어 있어, 관객이 원하는 만큼 입장료를 지불한다. 티켓 구매 창에 적힌 가격은 미술관 측에서 제안하는 가격일 뿐, 얼마를 낼 지는 관객의 자유다. 만약 뉴욕 현대미술관 티켓을 샀다면 모마PS1은 무료로 입장할 수 있다.

주소   22-25 Jackson Ave, Long Island City, NY 11101
관람시간   정오~6:00pm(화, 수 휴무)
홈페이지   www.momaps1.org

뉴뮤지엄
New Museum

현대 미술만을 다루는 소규모 미술관으로 젊은 층에게 인기가 많다. 차이나타운과 소호 사이에 있으며 낡은 건물들 사이에 상자를 쌓아 올린 듯한 독특한 외관이 멀리서도 눈에 띈다. 연두색 엘리베이터, 꽃무늬 화장실 등 내부도 개성 있다. 목요일 저녁 7시부터 9시까지는 자유지불 시스템으로 원하는 가격을 내고 입장할 수 있다.

주소   235 Bowery St, New York, NY 10002
관람시간   11:00am~6:00pm(월 휴무)
    목 11:00am~9:00pm
홈페이지   www.newmuseum.org

메트로폴리탄 브로이어
The Met Breuer

메트로폴리탄미술관의 계열사로 모마PS1처럼 현대미술 중심의 전시로 구성되어 있다. 메트로폴리탄미술관에서 대략 5~10분 정도 거리에 위치해 있으니, 함께 들러보도록 하자. 입장료에 메트로폴리탄미술관과 메트로폴리탄 클로이스터스 입장권이 포함되어 있다.

주소   945 Madison Ave, New York, NY 10021
관람시간   10:00am~5:30pm(월 휴무)
    금, 토 10:00am~9:00pm
홈페이지   www.metmuseum.org/visit/met-breuer

메트로폴리탄 클로이스터스
The Met Cloisters

메트로폴리탄미술관 소유의 또 다른 작은 미술관. 허드슨강이 내려다보이는 맨해튼 북쪽 맨 끝자락 포트 트라이언 공원(Fort Tryon Park) 안에 위치해 있다. 중세유럽 미술과 건축, 그리고 정원을 엿볼 수 있으며, 자연경관이 아름다워 뉴요커들의 데이트 코스로도 유명하다.

주소   99 Margaret Corbin Dr, New York, NY 10040
관람시간   3월~10월 10:00am~5:15pm
    11월~2월 10:00am~4:45pm
    추수감사절, 크리스마스, 신정 휴무
홈페이지   www.metmuseum.org/visit/met-cloisters

도심 밖 예술 여행
디아비컨

"이번 주말에 디아비컨Dia:Beacon 갈래?"

여름이 다가오는 어느 유월의 밤, 나는 화장실에서 이를 닦고 있는 사바나에게 충동적으로 제안했다. 토끼 눈이 된 사바나가 환호성을 질렀다.

"그거 좋은 생각이다!"

그렇게 우리는 토요일, 부푼 가슴을 안고 기차에 몸을 실었다. 파란 하늘에 뭉게구름이 피어있는 화창한 날이었다. 기차는 허드슨강을 따라 북쪽으로 달렸다. 최근 내렸던 비 때문에 강 수위가 육지에 가까워서 마치 기차가 물 위를 달리는 듯한 착각을 들게 했다.

디아비컨은 디아비컨재단이 세운 미술관으로 1960년대부터 현재까지 만들어진 미술 작품들을 소장하고 있다. 뉴욕 첼시에도 같은 재단이 세운 미술관이 있지만, 규모가 작아서 디아비컨재단의 소장품을 제대로 보려면 이곳에 와야 한다.

브루클린에서 그랜드센트럴까지는 대략 2시간 반 정도가 걸렸다. 비컨역에 내린 사바나와 나는 쨍쨍한 햇살에 눈살이 절로 찌푸려졌지만 입가엔 미소가 떠나지 않았다. 강가에 위치한 기차역 주위 풍경이 장관이었다. 우뚝 솟은 봉우리들 사이로 푸른 허드슨강이 흐르고 있었다. 햇볕에 예민한 나는 자외선은 피부에 안 좋다고 잔소리하며 선글라스에 밀짚모자까지 눌러 썼고, 그런 나를 할머니 스타일이라며 놀려댄 사바나는 오히려 선글라스를 벗고 온몸으로 햇볕을 만끽했다. 국적부터 스타일까지 모든 것이 다른 우리는 함께 미술관으로 향했다.

사실 미술관으로 가는 길은 무척 실망스러웠다. 조금 전 역에서 허드슨강의 경관을 보고 내심 유럽의 소도시처럼 아기자기하고 예쁜 풍경을 기대했는데, 무성한 나무 때문에 강은 코빼기도 보이지 않았고 지루한 시멘트 찻길만 이어졌다. 역시 미국에서 유럽의 교외 마을 풍경을 기대하면 안 되는 걸까.

주택들이 보이기 시작한 건 대략 10분 후, 오른쪽 언덕 아래에서 미술관 팻말을 발견했을 즈음이다. 언덕을 따라 내려간 우리는 주차장과 정원을 지나, 곧 갈색 벽돌로 지은 모던한 스타일의 미술관을 볼 수 있었다.

"아, 살 것 같아."

강한 햇볕과 콘크리트 바닥의 열기로 지친 우리는 에어컨 바람을 쐬는 순간 눈이 번쩍 뜨였다. 나는 그제야 선글라스를 벗고 모자로 부채질하며 미술관 안을 둘러보았다. 붉은 외관과 달리 내부는 온통 하얀색이었다.

"좋다!"

"그러게."

우리는 출발 3시간 만에 드디어 미술관에 입장 할 수 있었다. 주말이어서 그런 걸까. 교외에 있는 미술관임에도 불구하고 전시실에는 사람들이 꽤 많았다. 유모차를 끌고 아이와 함께 온 부부, 젊은 커플과 노부부, 우리처럼 친구끼리 온 사람들까지 다양했다.

미술관은 총 3층으로 이루어져 있다. 미술관이 교외에 위치해 있어서 그런지 전시 공간과 그 안을 채운 작품의 규모가 굉장했다. 한 전시실에 여러 작가의 작품을 모아 놓은 대부분의 뉴욕 도심의 갤러리와는 느낌이 매우 달랐다. 작가마다 전시실이 배정되어 널찍하게 작품이 설치되어 있었다. 여유로운 공간이 확보되니 작가마다 각자의 세계관이 뚜렷하게 나타나고, 관람객도 작품에 푹 빠져서 느긋하게 관람할 수 있었다. 그중 댄 플래빈Dan Flavin의 LED 작품은 역시 인기가 많았다. SNS에 올리기 위해 많은 사람들이 그의 작품 앞에서 사진을 찍고 있었다. 리처드 세라Richard Serra의 작품 역시 아주 인상적이었다. 첼시의 가고시안갤러리에서도 개인전을 크게 열었고, 뉴욕 내 여러 미술관에서 그의 작품을 종종 전시했지만 이정도 규모의 대형 작업을 제대로 보여주는 곳은 없었던 것 같다. 마치 미로 같은 그의 대표작은 인간에 의해 만들어진 것이 아니라 인간 영역 너머

기차역에서 내리자마자 보이는 풍경.
허드슨강 수위가 높아져 있어
기차가 물 위를 달리는 듯했다.

널찍한 공간을 채우고 있는
댄 플래빈의 LED작품.

리처드 세라의 대규모 설치 작품 안에 들어가
포즈를 취한 사바나.
작품의 어마어마한 크기를 짐작할 수 있다.

의 창조자가 만든 새로운 건축물 같았다. 작품 안으로 걸어 들어가 가만히
서 있으면 마치 이상한 나라에 홀로 떨어진 기분마저 든다. 작품에 압도된
느낌. 어떤 관람객은 제대로 느끼기 위해 중앙 바닥에 드러누워 작품 너머
의 천장을 올려다보기도 했다.

　미술관의 지하실은 1, 2층과 전혀 다른 느낌이었다. 햇빛이 들어오지 않
는다는 장소의 이점을 이용해 빛을 이용하는 작업들이 주를 이뤘다. 특히
브루스 나우먼Bruce Nauman의 네온사인 조각과 스튜디오를 프로젝터 빔
으로 보여주는 빌 제이콥슨Bill Jacobson의 거대한 스크린 설치 작품은 음침
한 지하실의 분위기를 반전시키며 공간에 완벽하게 녹아들었다.

가도가도 끝이 없는 대규모 작품의 연속이었던 디아비컨은 사바나와 나 같은 창작자에겐 천국이었다. 결국 두어 시간으로 끝날 줄 알았던 관람은 세 시간이 넘도록 끝나지 않았다. 전시 막바지에 다다르자 의자에 앉아서 관람하는 시간이 점점 늘었다. 차도 없는 우리가 이 외지의 미술관에 또 언제 올 수 있을지 모른다며, 장장 네 시간에 걸쳐 모든 작품을 관람하는 데 성공했다. 미술관에서 나올 즈음엔 녹초가 되어 말없이 카페테리아 테이블에 주저앉았다.

"뭐 좀 먹자."

"그래."

햄버거로 주린 배를 채우며 우리는 상상보다 더 즐거웠던 관람에 대해 이야기를 나눴다. 전시 작품들은 대부분 조각과 설치 작업이었다. 미술관 규모에 맞게 심사숙고하여 작품을 고른 티가 났다. 회화 작업이 생각보다 적어 아쉬웠지만, 반대로 뉴욕 도심에선 이런 대형 설치 작업이 밀집된 전시를 보기 힘들다는 것을 감안하면 아주 만족스러운 관람이었다. 미술관을 나온 우리는 내친 김에 등산까지 하고 노을진 하늘을 보며 뉴욕으로 돌아왔다. 예상대로, 그 후 2년간 우리가 그곳을 다시 방문하는 일은 일어나지 않았다.

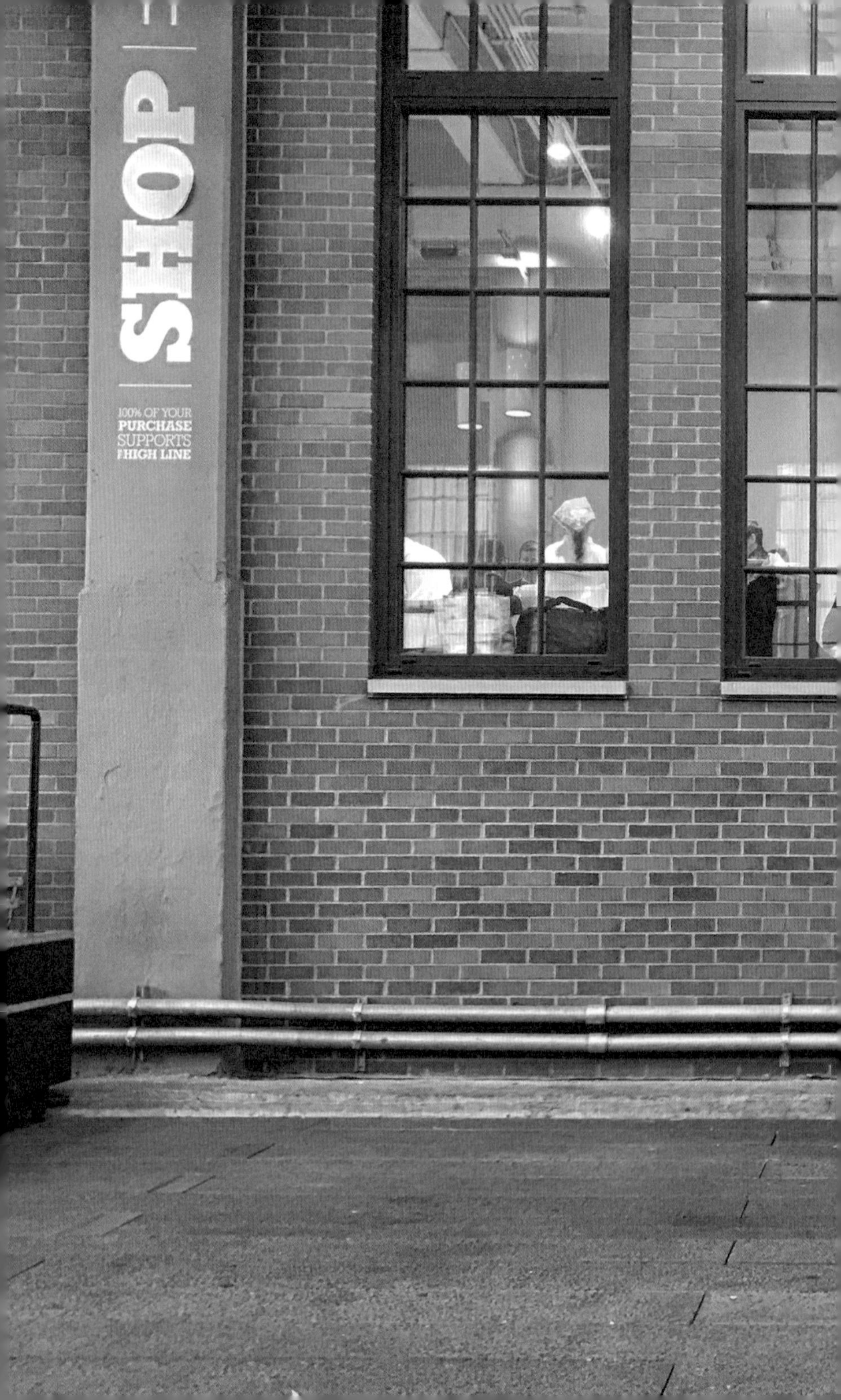
SHOP
100% OF YOUR
PURCHASE
SUPPORTS
HIGH LINE

그럼에도 불구하고,
뉴욕을 사랑하는 이유

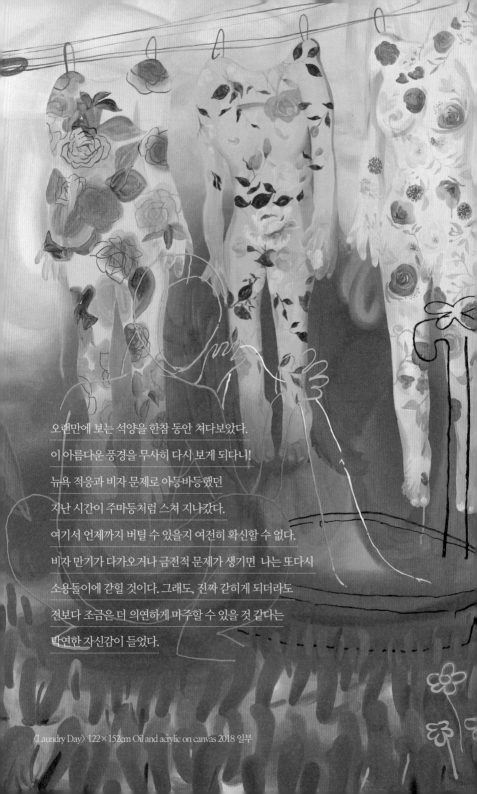

오랜만에 보는 석양을 한참 동안 쳐다보았다.

이 아름다운 풍경을 무사히 다시 보게 되다니!

뉴욕 적응과 비자 문제로 아등바등했던

지난 시간이 주마등처럼 스쳐 지나갔다.

여기서 언제까지 버틸 수 있을지 여전히 확신할 수 없다.

비자 만기가 다가오거나 금전적 문제가 생기면 나는 또다시

소용돌이에 갇힐 것이다. 그래도, 진짜 갇히게 되더라도

전보다 조금은 더 의연하게 마주할 수 있을 것 같다는

막연한 자신감이 들었다.

⟨Laundry Day⟩ 122×152cm Oil and acrylic on canvas 2018 일부

인재들의 교차로
뉴욕

늦은 시간, 하이힐을 반쯤 신은 사바나가 요란한 구두 굽 소리를 내며 방에서 나왔다.

"아라, 나 잠깐 나갔다 올게!"

난 시간을 살폈다. 밤 11시.

"이 시간에?"

평소 출근을 위해 자정 전에는 잠드는 사바나가 자신이 가장 좋아하는 브랜드의 신발을 신고 끈을 묶고 있었다. 나는 절대 신을 수 없는 높이의 하이힐이었다.

"레이디 가가가 지금 뉴욕에 있대. 트럼프가 당선된 걸 같이 슬퍼하자고 이스트빌리지에 있는 술집 주소를 인스타그램에 올렸어."

"지금 거기에 가겠다고? 너 레이디 가가의 팬이었어?"

사바나는 립스틱을 바르며 씩 웃었다.

"팬은 아니지만 레이디 가가가 신는 신발에는 관심이 많지. 기회를 엿봤

다가 내 신발 디자인을 보여주려고."

손으로 쪽, 키스를 날린 사바나는 그대로 집을 나섰다. 얼마나 급하게 서두르는지 쿵쾅쿵쾅 계단 소리가 그대로 들려왔다.

사바나는 제프 쿤스 스튜디오에서 일하는 틈틈이 개인 유화 작업과 신발 제작을 한다. 독특하고 현대적인 여성화를 만들기 때문에 평소 레이디 가가가 신으면 딱 좋겠다는 말을 주변에서 많이 들었다. 그래서 이 기회를 놓치면 안 되겠다는 생각이 들었을 것이다.

다음 날 사바나에게 물어보니 모임은 분위기가 생각보다 우울했다고 한다. 레이디 가가와 직접 얘기를 나눌 기회가 있었지만 미국의 앞날을 걱정하는 사람들 앞에서 신발 얘기를 도저히 꺼낼 수가 없었다고.

결국 사바나의 계획은 수포로 돌아갔지만, 나는 그 얘기를 들으면서 뉴욕이라는 도시의 특수성을 새삼 되새겼다. 과연 우리가 있는 곳이 뉴욕이 아니었다면, 톱스타에게 자기 작품을 보여주겠다는 대담한 생각을 할 수 있었을까?

도시마다 자기만의 역사와 특색으로 풍기는 분위기가 있다. 뉴욕 특유의 자유분방함은 젊고 개성 강한 사람들을 끌어당긴다. 이곳은 다양한 이미지가 존재한다. 다양한 사람들이 오가는 만큼 낯선 것에 대한 거부감도 덜하다. 물론 그만큼 못 볼 꼴을 보게 되는 경우도 많지만, 그런 분위기 속에서 예술의 싹이 움트고 울창한 숲이 조성된다.

뉴욕에 살면서 얻는 가장 큰 이점은, 전 세계인과 교류할 수 있다는 것이다. 뉴욕은 예술, 정치, 사회, 금융 등 많은 분야에서 가장 중요한 도시로 손꼽힌다. 세계 각지의 사람들이 여행하러, 공부하러, 일하러 뉴욕을 찾는

사바나와 나의 전시에 찾아온 친구들.
다양한 국적과 배경의 사람들이 모여
함께 새로운 일을 벌일 수 있는 것이
뉴욕의 힘이다.

뉴욕에 레지던시 작가로 선정되어 온
독일 친구, 비올라의 스튜디오 옥상.
우리는 이곳에서 종종 브런치를 즐겼다.

다. 내 경우만 해도, 내 인생을 다 합친 것보다 뉴욕에 산 몇 년 동안 새로 만
난 사람들이 더 많다. 바빠서 정작 한국에서 못 만났던 친구들을 뉴욕에서
만나는 일도 종종 있다. 중학교 때 같은 반이었던 친구는 워싱턴 발레단의
발레리나가 되어 가끔씩 뉴욕으로 놀러 온다. 나보다 먼저 와서 음악을 공
부하고 있던 친구는 지금 석사 과정을 준비 중이다. 어렸을 때 소식이 끊겼
던 친구는 알고 보니 뉴저지 소재 명문대를 나와 뉴욕에서 직장생활을 하
고 있었다. 가장 좋아하는 아이스크림 가게에 갔는데 모스크바에서 같은
고등학교를 졸업한 러시아 친구와 마주친 적도 있었고, 대학 다닐 땐 잘 몰
랐던 동기를 뉴욕에서 만나 친해지기도 했다. 우연히 알게 된 작가님은 알

우리 집 뒷마당에서 스모어(S'mores, 마쉬멜로우를
불에 구워 초콜릿과 함께 비스킷 사이에 넣어 먹는 후식)를
만들어 먹는 중이다.

고 보니 중학교 선배였고, 학창시절 같은 화실을 다녔던 친한 언니를 갤러
리스트로 다시 만나기도 했다.

이 모든 것이 뉴욕이기에 가능한 일이다. 장르 불문 전 세계 아티스트들
이 모이는 도시. 사람들 사이에 섞여 걷고 있는 유명한 배우를 보게 되고,
팝스타가 인스타그램으로 사람들을 파티에 초대하고, 좋아하는 밴드 멤버
가 눈앞에서 함께 술잔을 들고 있다. 예술을 한다면 결국 한 번쯤은 이곳을
밟는다. 미국에서 화제가 되는 대부분의 이벤트는 뉴욕에서 벌어지니 말이
다. 사바나가 레이디 가가에게 자기가 만든 신발을 소개할 거라고 말할 수
있게 하는 힘, 그것이 바로 뉴욕에 있다.

음악이 흐르는 밤

어느 날 친구에게서 연락이 왔다. 한국 작가의 전시에서 처음 만나 친해진 비앙카였다.

"내일 친구가 작은 콘서트를 여는데 올래?"

콘서트 장소는 브루클린 부쉬윅에 위치한 작은 스튜디오. 다행히 저녁 늦게 시작해서 아트센터 저녁 수업을 마치고 가면 딱 맞을 것 같았다.

"응, 갈게! 거기서 보자."

다음 날 저녁, 지하철역에서 내린 나는 비앙카가 준 주소를 향해 걸었다. 스마트폰으로 미리 주소를 검색해 왔는데도, 건물 입구에서 공연을 보러 온 사람들을 만나지 않았다면 길을 헤맬 뻔했다. 쓸모를 잃은 공장들이 줄지어 서 있는 동네. 이런 곳에 정말 공연장이 있을까 싶지만 브루클린에 위치한 대부분의 갤러리와 스튜디오가 그렇듯, 공연장은 회색 공장 건물 지하의 아파트를 개조해 브루클린 특유의 분위기를 머금고 있었다.

"왔구나!"

건물 안으로 들어서자 비앙카가 나를 반겼다. 그녀는 스타킹에 짧은 청바지, 붉은 스카프를 머리에 두르고 〈로지 더 리베터Rosie the Riveter〉 포스터가 그려진 하얀 셔츠를 입고 있었다. 진한 아이섀도와 붉은 립스틱이 이목구비가 뚜렷한 그녀와 너무 잘 어울렸다.

"우와, 너 오늘 멋진데?"

"나도 공연에 참여하기로 했거든."

"정말?"

"응, 한 곡이긴 하지만 내 프랑스 친구들과 함께 코러스를 부를 거야."

비앙카는 그녀의 친구들을 소개했다. 한 명은 코코넛이 그려진 남색 드레스를, 다른 한 명은 검은색 점프슈트를 입고 있었다.

"80년대 콘셉트인거야?"

"맞아!"

나란히 선 그들은 한쪽 다리와 입술을 쭉 내밀며 포즈를 취했다. 나는 웃음을 터트릴 수밖에 없었다.

공연 준비를 위해 비앙카가 자리를 떠나고, 내부로 들어선 나는 감탄했다. 조금 전 비앙카와 인사를 나눈 공간은 아티스트가 자기 입맛대로 재구성한 평범한 거실이었다. 그러나 침실 혹은 작업실이었을 이 공간은 완벽한 소규모 공연장으로 탈바꿈했다. 모퉁이에 작은 판자를 덧대 만든 스테이지 위에 이동식 녹음실이 있고, 주변에는 피아노 건반과 기타, 베이스를 비롯한 장비가 설치되어 있었다. 한쪽 벽은 검은 방음 스펀지가 빼곡하게 붙어 있고, 다른 벽에는 포스터와 조명이 멋스럽게 장식되어 있었다. 하이라이트는 무대 건너편에 설치된 바bar였다. 판자를 세워 붉은색으로 페인

아파트를 개조한 스튜디오 내부.
2층 난간에 앉아 자유롭게 음악을 감상하는 사람들.

트칠한 바에는 다양한 술이 준비되어 있었다. 먼저 도착한 사람들은 삼삼오오 모여 즐겁게 대화를 나누며, 공연을 기다렸다. 나는 천장을 올려다보았다. 크리스마스 장식처럼 길게 이어진 꼬마 전구들이 천장을 가로질렀다. 재밌는 건 철근으로 세운 복층이었다. 검은 사다리를 타고 올라가면 사람들이 모여 앉을 수 있는 작은 공간이 있고, 연결된 다리를 건너면 공중에 떠있는 침실이 나타났다. 그 앞에는 음료를 파는 테이블이 있었다.

공연장에 사람들이 가득 찰 즈음, 밴드 멤버들이 나타났다. 그 뒤로 머리를 풍선껌처럼 핑크색으로 물들인 보컬이 따라 나왔다. 오늘의 보컬, 마리는 피아노 앞에 앉아 인사했다.

"안녕, 여러분."

사람들의 환호성과 함께 공연이 시작되었다. 몽환적인 보컬의 목소리가 스튜디오에 낭랑하게 울려 퍼졌다. 어쿠스틱 반주와 말랑한 멜로디가 귀를 사로잡았고, 처음 들어보는 새로운 음색에 나도 모르게 빠져들었다. 특히 그녀가 부른 노래 중 〈캣콜링〉이란 타이틀곡은 재치있고 통통 튀는 가사로 사람들을 웃게 했다. 비앙카는 3번째 노래에 등장했다. 마리 뒤에 있던 스탠딩 마이크에 비앙카와 친구들이 나란히 서서 코러스를 넣었다. 그들은 서로 마주 보고 리듬을 타며 진심으로 이 순간을 즐겼다. 파리에서 친구가 되었다는 그들은 이렇게 뉴욕에 다 같이 오게 될 줄 알고 있었을까? 곡이 끝나자 코러스는 뒤로 총총 물러났다.

마리가 노래를 이어갔다. 잔잔하면서도 통통 튀는 음악이 분홍 머리의 그녀와 너무나도 잘 어울렸다. 노래를 감상하며 나도 모르게 미소 지었다. 생각해보니 일과 작업에만 매진하느라 공연을 보러온 것이 참 오랜만이었다. 항상 미술계 사람들만 만나다가 젊은 뮤지션들과 그들의 열정 넘치는 공연을 보는 것도 색달랐다.

'좋다…'

어느새 마지막 곡이었다. 관중들은 아쉬워하며 소리를 질렀다. 그럴까 봐 앙코르를 준비해왔다며 마리가 윙크하자 모두 웃음을 터뜨렸다. 비록 소규모 공연이었지만, 뮤지션들은 진심으로 즐기며 공연하고 관중 또한 진심 어린 응원과 성원을 아낌없이 보냈다. 이 작은 공간이 내뿜는 에너지가 참으로 좋아서, 이 기억이 오랫동안 남을 것 같다는 생각이 들었다.

뉴욕에는 음악을 즐길 수 있는 곳도 많다. 링컨센터Lincoln Center처럼 음악 콘서트, 오페라, 발레 등 예술 공연을 제대로 관람할 수 있는 대형 공연장부터 마리와 비앙카가 공연한 소규모 공연장, 각종 클럽은 물론이고, 거리 곳곳에서도 연주하고 노래하는 뮤지션들을 쉽게 만날 수 있다. 최근에는 미술관에서도 젊은이들의 관심을 끌기 위해 야간 개장 시간에 그림을 보며 디제잉 파티를 즐길 수 있는 프로그램을 진행한다. 그러고 보면 예술과 함께 하는 색다른 밤 문화를 즐기기에 뉴욕만한 곳도 없다.

분홍색 머리와
통통 튀는 음색이 잘 어울리는 마리.

제프 쿤스의
농장 파티

"날씨 너무 좋다!"

나는 버스에서 내리자마자 소리쳤다. 하늘에는 구름 한 점 없었다. 사바나는 씩 웃으며 선글라스를 꼈다.

"가끔 도시를 벗어나는 것도 좋지?"

우리가 서 있는 곳은 뉴욕시에서 3시간 남짓 떨어진 곳, 펜실베이니아였다. 푸른 하늘 아래 초록 잔디로 뒤덮인 언덕, 그 위에 우뚝 서 있는 붉은 헛간. 영화에서나 본 적 있는 그림 같은 동산 위에 관광버스 3개가 나란히 서 있었다. 주변이 온통 푸른색이었다. 분명 우리가 출발한 곳은 잿빛 도시였는데, 이 비현실적인 풍경은 어디서 튀어나왔을까. 사바나의 직장동료들이 버스에서 하나둘 내리면서 주변이 어수선해졌다.

제프 쿤스 스튜디오는 매년 여름과 크리스마스 시즌에 한 번씩 직원들을 위한 파티를 연다. 그중 하나가 제프 쿤스의 여름 별장이 있는 펜실베이니아 농장지대에서 열리는 여름 파티였고, 직원들은 그걸 '팜파티 farm party'라고 불렀다. 뉴욕에 온 첫해, 사바나가 나를 동행인으로 초대하면서 나도 그 파티에 참여할 수 있었다.

팜파티는 규모가 남달랐다. 단순히 직원들만의 파티가 아니라 농장에서 일하는 모든 마을 주민이 다 함께 즐기는 축제 같았다. 사바나와 나는 동화책에서만 보았던 노란 건초가 쌓인 헛간을 가로질렀다. 그 안에는 동물 대신 하얀 테이블이 건초와 톱밥이 깔린 바닥에 놓여 있었다. 구석에는 손님들이 마음대로 집어먹을 수 있게 사과, 복숭아, 포도가 가득 실린 수레가 팝콘 기계와 함께 있었다. 나는 가장 탐스러워 보이는 복숭아를 집어 한 입 크게 베어 물었다.

"와…."

밖으로 나온 나는 입을 떡 벌렸다. 지평선 위로는 드높은 침엽수 숲이, 비스듬하게 경사진 언덕 아래로는 드넓은 초원이 눈앞에 펼쳐졌다. 정말 오랜만에 보는 자연의 풍경에 감동이 밀려왔다. 오른편에는 화덕과 음식을 잔뜩 실은 수레 마차가 직사각형의 형태로 놓여 있었다. 그 건너편에는 공연을 위한 무대가, 가운데에는 캠프파이어를 위한 모닥불이 준비되어 있었다.

사바나와 나는 환호성을 지르며 하얀 울타리를 따라 언덕을 내려가기 시작했다. 언덕 곳곳에는 놀이기구가 설치되어 있었다. 아침에 여우비가 내린 탓에 놀이기구가 젖어있었음에도 우리는 바지를 걷어붙이고 올라갔다. 사바나의 직장 동료 두 명이 참여하면서 승부가 벌어졌다. 우리는 중간에 매달린 무거운 에어벌룬을 서로에게 던지며 웃음을 터뜨렸다.

언덕 아래에는 제프 쿤스가 가족들과 함께 머무는 별장이 있었다. 별장으로 가는 길가에는 돌멩이와 시멘트로 쌓아놓은 낮은 울타리와 하얀 나무 울타리가 쭉 펼쳐졌다. 넓은 마당에는 하얀 천막이 여러 개 세워져 있었고 그 아래에는 둥근 테이블들이 놓여 있었다. 조금 떨어진 두 개의 천막에는 채식과 육식 뷔페가 따로 차려져 있었다.

"제프 저기 있다!"

난 사바나가 가리킨 곳으로 고개를 돌렸다. 신문이나 잡지에서나 봤던 스타 작가가 지인들과 이야기를 나누고 있었다. 체크 무늬 셔츠와 베이지색 면바지를 입은 그는 여유롭고 편안해 보였다. 난 마치 연예인을 본 것처럼 신기했다.

"다른 사람들이 얘기하는 거 들어보니까 이 파티가 직원들만 위한 게 아니라, 이 부근 주민들도 다 초대하는 거래. 음식들은 지역 농장에서 직접 차린 거고."

"그나저나 우리 잠은 어디서 자?"

"밤이 되면 다시 버스 타고 호텔에 간대."

간단히 마을 호스텔에 머무를 줄 알았던 나는 예상 밖의 대답에 놀랐다. 최근에 회화 부서를 증축하면서 직원 수가 엄청 늘었다고 들었다. 여기에 와 있는 직원들만 해도 족히 백 명은 될 것 같았

초록 잔디로 뒤덮인 언덕과
완벽했던 하늘.

동화 속에서 나온 듯한 과일 수레.
과일과 팝콘을 마음껏 집어 먹었다.

다. 거기에 초대된 동행인들까지 합하면…. 나는 어마어마한 숫자에 혀를
내둘렀다.

"부자긴 부자구나."

"백만장자지. 작업 하나에 백만 달러가 넘게 왔다 갔다 하는 걸."

그 백만장자 예술가가 바로 내 눈앞에, 그것도 바로 옆테이블에 앉아 있
었다. 이렇게 가까운데 참 멀게 느껴졌다. 그는 예술계의 상위 1%에 속한
성공한 작가였고, 나는 이제 막 이 바닥에 들어온 신입이었다. 그와 대화를

나누고 싶으면서도 동시에 피하고 싶은 미묘한 느낌이 들었다. 딱히 관심 있었던 작가도 아니고 그의 작업을 좋아했던 것도 아닌데 왜 갑자기 저 사람과 대화를 나누고 싶다고 생각한 걸까.

"나 제프한테 인사하고 올게."

갓 채용된 사바나는 그에게 눈도장을 찍기 위해 벼르고 있었다. 제프 쿤스가 자리에서 일어나자 타이밍을 엿보고 있던 사바나도 따라서 일어났다. 사바나가 막 발을 뗄 즈음 한 무리의 사람들이 그에게 다가갔다. 아마 사바나와 같은 생각을 했을 게 분명한 사람들이었다. 사바나는 어쩔 수 없다는 표정을 지었다.

"나중에 얘기해야 할 것 같다. 그치?"

어느새 날이 많이 저물어 있었다. 저녁 식사가 한창인 헛간 주변으로 사람들이 자리를 옮기면서 별장 주위는 낮보다 훨씬 한적해져 있었다. 그 주변을 거닐면서 사바나와 나는 많은 얘기를 나누었다. 직장 이야기, 가족에 대한 안부, 정치, 문화, 앞으로 하고 싶은 작업…. 새삼 낯선 환경에 적응하느라 서로를 돌볼 새가 없었다는 걸 깨달았다. 우리는 자연의 틈바구니에서 복잡했던 마음이 한결 가벼워지는 걸 느꼈다.

"앗, 네 잎 클로버다."

"넌 그런 거 잘 찾더라. 난 내 손으로 찾아본 적 없는데."

우리는 별장을 마주 보는 잔디 언덕에 앉았다. 사바나는 네 잎 클로버를 손으로 만지작거렸다.

"가끔씩 내가 진짜 뉴욕에 있다는 사실이 현실 같지 않아."

"처음 뉴욕에 가자는 얘기했을 때만 해도 진짜 올 줄 몰랐는데, 그치?"

언덕을 자유롭게 뛰노는 아이들.
파티는 즐거웠지만,
엄청난 규모에 압도 되었다.

"그것뿐인가. 내가 제프 쿤스 스튜디오에서 일할 줄 누가 알았겠어."

난 웃음을 터뜨리며 고개를 끄덕였다. 뉴욕에 오기 한 달 전 우리는 몇 번씩이나 계획을 수정해야 했다. 지옥 같은 시간이었다. 그런 시간을 넘어 결국 원하던 뉴욕에 왔는데도 우리는 여전히 한 치 앞을 보지 못한다.

부드러운 잔디에 누워 한동안 우리는 말이 없었다. 나는 점점 노란색으로 물드는 하늘을 보면서 짙은 풀냄새를 힘껏 들이켰다. 잠든 줄 알았던 사바나가 입을 열었다.

"아라, 나 성공하고 싶어."

사바나의 푸른 눈은 어느덧 하늘에 고정되어 있었다. 하루 종일 머릿속이 복잡한 건 나뿐만이 아니었나 보다. 화려하고 풍족한 파티, 말로만 듣던 상위 1% 예술가의 일상은 우리의 예상을 완전히 뛰어넘었다. 이런 부를 원해 미술을 시작한 건 아니지만, 본격적인 사회진출을 앞둔 우리에게 있어서 오늘 하루는 충격 그 자체였다. 이 감정이 질투인지 두려움인지 희망인지 알 수가 없었다. 나도 사바나처럼 하늘로 시선을 돌렸다.

"나도."

저 멀리서 노을이 지고 있었다. 점점 붉게 변해가는 머리 위의 하늘을 보면서 가슴이 뭉클해졌다. 금세 깜깜해진 하늘에서 반짝이기 시작하는 별을 보았을 땐 왠지 눈물이 날 것 같았다. 우리 집 소파보다 훨씬 더 푹신하고 부드러운 잔디, 그 위에 누워 미래를 얘기하는 우리는 뉴욕에 가자고 외치던 4년 전 모습과 별반 다르지 않았다.

"어두워지면 불꽃놀이 보러 언덕 위로 올라오라고 했어."

"그래, 가자."

밤하늘을 수놓은 불꽃을 보며
우리의 미래를 그려 보았다.

우리는 습기를 먹은 옷에서 잔디를 털어내며 자리에서 일어났다.

그날 밤, 귀를 먹먹하게 만드는 소리와 함께 새까만 하늘로 퍼지는 불꽃은 너무나 아름다웠다. 형형색색 불꽃이 긴 꼬리를 늘이며 어둠 속으로 사라졌다. 불꽃같은 청춘을 보내라는 말은 수도 없이 들어 본 것 같다. 강하게 타올랐다가 사라지는, 하지만 너무 아름다워서 잊히지 않는. 먼 훗날 타들어 가는 긴 꼬리의 끝자락에 서 있을 때, 나는 과연 이 순간을 떠올리며 아름답고 소중하게 여기고 있을까.

뉴욕 예술가들의
수다

"모니카랑 다른 사람들이랑 맥주 한잔하러 가기로 했어. 너도 갈래?"

독립 큐레이터이자 작가인 제이미가 나갈 채비를 하며 물었다. 내가 참여한 그룹 전시 오프닝을 마치고 난 후였다. 비록 지하에 위치한 작은 갤러리였지만, 첼시 외곽에 있어 오가는 사람이 많았고 지인들도 찾아와준 덕분에 전시장은 사람들로 붐볐다. 예술계에서 활동하는 여러 사람을 만난 것만으로도 나에겐 의미 있고 성공한 전시였다. 무엇보다 오랜만에 새 작품을 선보인 자리였기에 더욱 뜻깊었다.

함께 참여한 작가 몇 명이 뒤풀이를 빠지면서, 결국 남은 건 나와 제이미, 또 다른 참여 작가인 모니카 그리고 그녀의 친구 에릭과 사라였다.

근처 바에 들어가기로 했던 우리는 배가 출출하다는 모니카의 제안에 따라 그 옆에 있는 유기농 레스토랑에 들어갔다. 단조로웠던 외관과 달리 레스토랑 내부는 고풍스러웠다. 한쪽 벽에는 직접 수집한 것으로 보이는 빈티지 그릇이 장식되어 있고, 반대편은 담쟁이덩굴이 액자들 사이로 넘실

거렸다. 고전적인 인테리어와 현대적인 소품이 조화를 이뤘다.

대화가 이어지면서 자연스럽게 나를 제외한 모두가 원래 아는 사이였다는 것을 깨달았다. 모니카는 제이미가 초대한 작가이니 당연히 아는 사이인 줄 알았지만, 발 넓은 제이미는 이미 모니카의 친구들도 알고 있었다. 어떻게 보면 나 혼자 어색할 수 있는 상황. 그러나 나는 그들의 대화를 듣는 것만으로도 너무 재밌었다.

문득 제이미가 내 작품을 보러 작업실을 방문했던 날, 뉴욕에 온 지 십여 년 됐다는 말이 떠올랐다. 지금 내 앞에 있는 이들은 내가 잘 모르는 뉴욕에 대해 훨씬 더 잘 알고 있는 사람들이다. 나보다 먼저 뉴욕에서 활동한 예술가들이기도 하고. 뉴욕살이 3년차인 초짜가 그들에게서 들을 얘기는 너무나도 많았다.

그들은 멈추지 않고 수다를 떨었다. 마치 이방인이 뉴요커의 수다를 엿보는 느낌이었다. 큐레이터로 활동하는 제이미와 갤러리를 운영한 경험이 있는 에릭은 갤러리 운영과 태도에 관해 이야기를 나누고 있었다. 에릭은 냅킨으로 입을 닦으며 말했다.

"나중에 내가 갤러리를 닫고 나니까 미술관에서 일하는 관계자가 말해주더라고. 다 지켜보고 있었다고."

"무슨 말이야?"

"뉴욕현대미술관, 휘트니미술관 그 외에 다른 미술관 관계자들이 안 그러는 척해도 작가들이 운영하는 갤러리들을 유심히 본다고. 그 사람들도 뒤처지지 않으려면 새로운 인재를 발굴해야 하는 건 똑같아. 그래서 점찍은 독립 갤러리에서 하는 전시를 모두 확인하는 거지. 특히 작가들이 운영하는 갤러리는 좀 더 자유롭고 실험적인 전시를 하니까. 내가 갤러리 운영할 때는 눈치도 못 챘어! 그러다가 그만두니까 말해주더라니까."

"그렇겠지. 유명한 갤러리에서 전시하는 작가들은 모두 알려진 작가들이니까. 시스템이 그렇지 뭐."

"그래서, 자기가 운영하는 갤러리에 자기 작품을 넣으면 안 되는 거야."

에릭이 뜬금없이 말했다. 그의 눈은 제이미를 향해 있었다. 제이미는 또 시작이라는 듯 눈동자를 굴렸다. 나는 에릭이 주어만 안 붙였을 뿐 제이미에게 하는 충고라는 걸 눈치챘다. 제이미는 종종 자기가 기획하는 전시에

자신의 작품을 넣곤 했다. 이번 전시도 그렇고, 두 달 전부터 브루클린에서 운영하는 그의 갤러리 첫 전시에도 본인의 작품이 들어가 있었다.

"나도 내 갤러리를 처음 운영할 때 내 작품을 넣어야 할지 말아야 할지 고민이 많았다니까! 그런데 미술관 관계자가 딱 말하더라고. 당신 차례는 꼭 올 거라고, 그러니까 그러지 말라고. 지금 생각하면 갤러리와 작업은 분리하라는 의미심장한 말이었어. 그리고 진짜 내 차례가 오더라고, 얼마 지나지 않아서."

제이미의 얼굴은 복잡해 보였다. 친구에게 충고를 듣는 게 편하지만은 않을 것이다. 그와 에릭은 갤러리 운영에 있어서 완전히 다른 철학을 지니고 있었다. 맥주를 들며 제이미가 말했다.

"그래서, 넌 정말 네 갤러리에 작품을 건 적이 단 한 번도 없단 말이야?"

"전혀! 내가 지금까지 400회가 넘는 전시를 기획했지만 단 한 번도 내 작품 건 적 없어."

"와우! 400번! 그렇게 많이 전시했는지 몰랐네."

비꼬는 게 아니라 제이미는 진심으로 놀란 것 같았다. 나도 놀랐다. 그들의 대화로 추론했을 때 에릭이 갤러리를 운영한 건 대략 10년. 작업을 하면서 동시에 그렇게 많은 전시를 기획했다는 건 대단한 일이었다.

대화는 계속 흘러갔다. 지난번에 참여했던 그룹전 작가 중 한 명의 스튜디오가 얼마나 굉장했는지, 예술잡지에 실린 글에 대해 어떻게 생각하는지…. 대화의 주제는 어디로 튈지 모르는 탁구공처럼 쉴 새 없이 바뀌었다.

"그나저나 에릭, 브루노에 관한 이야기가 있다며."

"브루노가 누구야?"

내가 묻자 제이미가 눈을 동그랗게 떴다.

"브루노를 몰라? 유럽 최고의 컬렉터 중 한 명! 꼭 알아놔야 할 사람이라고."

에릭이 고개를 끄덕였다.

"대게 '진짜' 컬렉터들은 유럽 출신이지."

"맞아, 〈아트 바젤〉 같은 곳에서만 볼 수 있는 사람들! 미국에도 컬렉터가 많지만 유럽만큼 역사가 길지 않으니까. 조상 대대로 예술 작품을 수집해온 뼛속부터 컬렉터 기질을 지닌 사람들은 유럽에 있어. 그러니까 나중에 꼭 검색해 봐."

조언하는 제이미에게 나는 씩 웃으며 핸드폰을 들었다.

"벌써 했지."

우리의 이목은 다시 에릭을 향했다. 에릭의 아내에게 그림을 그리는 친구가 있는데, 그 사람은 브루노와 오랜 친구라고 했다. 그들이 처음 알게 됐을 때 브루노는 이미 유명한 컬렉터였다. 브루노에게 그림 한 점만 팔아도 예술계에 소문이 퍼져 승승장구한다는 사실은 이 바닥의 공공연한 비밀이었다. 재밌는 사실은, 그 화가는 친구인 브루노에게 자신이 화가라는 것을 절대 밝히지 않았다. 나중에 다른 사람을 통해 친구가 화가라는 걸 알게 된 브루노가 작품을 보여달라고 재촉했지만 그 작가는 그림을 먼저 보여주는 일은 절대 없을 거라고 단언했고, 그 후 40년이 지나도록 브루노는 친구의 그림을 볼 수 없었다고 한다.

"와, 그 사람 인물이네!"

"브루노를 바로 옆에 두고 어떻게 그럴 수 있지?"

"맞아, 나라면 못 해."

여기저기서 탄성이 튀어나왔다.

결국 브루노는 40년이라는 우정을 쌓은 후에야 그림을 볼 수 있었다. 어떻게 해서 그가 친구의 작품을 보게 됐는지 자세히 알 수는 없지만, 브루노는 드디어 친구의 스튜디오에 방문해 작품을 볼 수 있었다. 작품을 본 브루노는 이렇게 말했다.

"그거 알고 있나, 친구? 자넨 천재야!"

그리곤 그 자리에서 친구가 일평생 그린 모든 작품을 구매했다고 한다.

"말도 안 돼!"

"대박!"

다시 탄성이 튀어나왔다. 특히 제이미가 흥분했다.

"브루노라면 가능하지! 그래도 돈이 어마어마하게 들었을 것 같은데."

"100만 달러대략 10억 원는 족히 들어가지 않았을까."

모니카의 말에 에릭이 고개를 끄덕였다.

"아마 곧 있으면 여기저기서 이 작가에 대해 떠들게 되겠지."

"이게 언제 일어난 일이라고?"

"바로 2주 전에."

"넌 이 사람이 누구인지 알고 있는 거지?"

에릭은 대답을 꺼리는 듯했지만 고개를 끄덕였다. 누구인지는 말할 수 없는 상황인 것 같았다. 그때 제이미가 알아챘는지 씩 웃었다.

"누군지 알겠다! 그 작가 말하는 거지? 로어 이스트사이드에서 전시 많이 하는 사람 아니야? 몇 달 전에도 전시 열었고."

"너 이 얘기에 대해서 글 쓰지 마. 나도 그래서 이름을 안 밝히는 거야."

에릭이 재차 낭부했다. 제이미는 개인 아트 블로그를 운영하고 있어서 틈틈이 글도 쓰고 있었다. 제이미는 걱정 말라며 고개를 끄덕였지만 누군지 알아내서 홀가분한 얼굴이었다. 기나긴 수다를 마친 우리는 계산을 하고 자리에서 일어났다.

"오늘 만나서 너무 즐거웠어."

"우리야말로. 뉴욕에 온 지 얼마나 됐다고 했지?"

"이제 3년. 아까도 말했지만, 아직 3년밖에 안돼서 뉴욕에 대해 모르는 게 많거든. 오늘 이야기들 들으면서 많은 걸 배웠어. 고마워."

진심이었다. 연식 차이가 커서 내가 끼어들 수 없는 주제도 많았지만 그들의 대화는 듣는 것만으로도 너무 즐거웠다. 내가 진심이라는 걸 그들도 느꼈는지 격려의 미소를 지어주었다.

"아냐. 졸업하고 바로 뉴욕 온 거면 힘들었을 텐데, 잘하고 있어."

"뉴욕이라는 도시 자체가 워낙 정신없지만 그만큼 매력 있어서, 아마 조금 더 있다 보면 금방 녹아들 거야."

"어딜 가도 이렇게 바쁘고 매일 새로운 게 일어나는 도시는 없더라고. 그래서 싫다가도 참 좋아."

"정말 그래. 영감의 도시지."

나는 웃으며 고개를 끄덕였다.

그렇게 나는 그들과 인사를 나누고 지하철역으로 향했다. 여느 평범한 목요일 밤 10시. 첼시의 밤은 여전히 거리의 분위기를 즐기는 사람들로 붐볐다. 하루 종일 움직인 탓에 몸은 노곤했지만 정신만큼은 멀쩡했다. 브루클린으로 향하는 지하철에 몸을 싣고 그들과 나누었던 대화를 하나씩 더 들어보았다. 제이미를 제외하면 그들과 다시 만날 일은 없을지도 모른다. SNS 계정을 통해 서로의 삶을 종종 엿볼 수도 있겠지만, 이렇게 마주 앉아 이야기를 나눌 일이 또 언제 있을까. 연이 생기면 좋겠다. 언제 또 마주칠지 모르는 게 뉴욕의 매력이니까. 언젠가 다시 만났을 때 그들이 나를 기억하고 내 그림을 기억해주면 더없이 기쁠 것 같다.

황혼이 물들 때
덤보로 가자

석양을 보는 것이 좋다. 푸른 하늘이 서서히 붉게 물드는 것도 인상적이
지만, 초가을 무렵 하늘을 채우는 절정의 핫핑크는 눈이 부실 정도다. 내가
뉴욕에서 가장 좋아하는 석양 스폿은 브루클린 덤보에 있다. 덤보로 가는
길은 여러 개가 있지만, 가장 유명한 방법은 브루클린 다리를 건너는 것이
다. 그렇다 보니 나는 지인이 뉴욕에 놀러 올 때면 브루클린 다리를 건너자
는 핑계로 항상 덤보로 데려와 함께 석양을 즐긴다.

브루클린 다리를 처음 건넌 건 고등학생 시절, 남동생과 함께 처음으로
뉴욕에 왔을 때였다. 겨울이어서 머무는 내내 날씨가 흐렸는데 그날만큼은
무척 맑았다. 우리는 맨해튼 월스트리트 쪽으로 내려와 호기롭게 다리를
건너기 시작했다. 행인에게 부탁해 사진도 찍었다. 중간쯤 왔을까. 가도 가
도 끝이 없는 느낌에 걸음을 멈췄다.

"이만 돌아갈까?"

부모님 없이 처음으로 단둘이서 하는 여행이었다. 뉴욕의 '뉴'도 몰랐던

시절. 다리 끝에 무엇이 있는지 모르는 상태에서 고등학생이었던 우리는 겁이 났던 것 같다.

시간이 흘러 나는 성인이 되어 뉴욕을 다시 찾았다. 이번엔 조금 긴 여행이었다. 뉴욕에서 맞이하는 첫 주말, 애스토리아로 이사하기 전 잠깐 머무르던 호스텔에서 내 또래의 한국인 여행객들을 만났다. 함께 저녁을 먹은 뒤 한 친구의 돌발 제안으로 브루클린 다리를 다시 찾았다. 날은 저물고 안개에 가까운 비가 내리고 있었지만 다들 술 한잔한 것처럼 들떠 있었다. 나는 사진을 찍어 브루클린 다리에 또 왔다며 동생을 약 올리는 문자를 보내기도 했다. 그 때 함께 간 친구 중 하나가 다리 건너편을 가리켰다.

"이 다리를 건너면 덤보가 나온대요."

"덤보가 뭐예요?"

"지역 이름이요. 우리나라에서는 티브이 프로그램으로 유명해졌어요. 꼭 가보고 싶었는데…."

아쉽게도 우리가 다리 끝에 도착했을 즈음엔 이미 밤 10시를 향해가고 있었다. 결국 더 가지 않고 숙소로 돌아가기로 했다. 문제는 아무리 걸어도 벗어나는 출구를 찾을 수가 없었다. 도보는 점점 좁아지고 차도는 점점 넓어졌다. 이대로는 차도에 갇힐 것 같았다. 결국 우리는 허리보다 높은 울타리를 기어올라 도로에서 겨우 벗어났다. 이 상황이 너무 어이없고 웃겨서 지하철역에 들어가선 한참 동안 웃어댔다. 나중에 안 사실이지만, 다리를 걷다 보면 내리막길 도중에 일반 도보로 통하는 통로가 있다. 우리는 한껏 들떠 주위 풍경을 구경하느라 그걸 눈치 채지 못 한거고.

그리고 또 한참 뒤, 졸업하고 뉴욕에 온 지 1년이 지난 후에야 비로소 말

덤보에서 보는
맨해튼 다리의 낮과 밤

로만 듣던 덤보를 찾았다. 그녀가 기대하던 대로 덤보는 참 예뻤다. 돌을 촘촘히 박은 일자형 도로 위에 한때는 공장이었던 건물들이 우뚝 솟아있다. 이제 그 공장에는 아파트와 오피스, 작업실이 들어섰다. 공장 1층에는 식료품 가게, 음식점, 커피숍, 서점, 베이커리가 오가는 사람들을 유혹하고, 날이 좋은 주말이면 펄 스트리트 쪽에 플리마켓이 열린다. 매년 봄에는 덤보에서 활동하는 예술가들이 자신의 작업실을 대중에게 여는 '오픈 스튜디오' 행사를 한다.

이스트강 주변에는 고풍스러운 회전목마가 자리 잡고 있어서 눈이 즐겁다. 무엇보다 워싱턴 스트리트 쪽으로 가면, 붉은색 건물 사이에 우뚝 선 맨해튼 다리가 눈을 사로잡는다. 이곳에 결혼사진을 찍으러 온 커플들도 종종 볼 수 있다. 워싱턴 스트리트를 따라 내려가면 한때 기찻길이었던 길 너머에 공원이 있다. 바로 앞에 보이는 작은 계단을 올라 조금만 걸어가면, 경치가 확 트이는 작은 언덕이 나타난다. 그곳이 바로 내가 가장 좋아하는 장소다. 강 너머 맨해튼의 전경과 브루클린 다리, 맨해튼 다리를 전부 볼 수 있어서 5개의 섬으로 이루어진 뉴욕의 다양한 모습을 즐길 수 있다. 가끔 작정하고 온 날에는 풀밭에 돗자리를 펴고 앉아 풍경을 감상한다. 집에서 싸 온 도시락이나 근처 음식점에서 포장한 음식, 혹은 아이스크림을 먹고 있으면 이만한 힐링이 없다는 생각이 든다. 여행객보다는 뉴요커가 더 자주 찾는 장소라 사람도 많지 않다.

석양이 지면 어디든 예쁘겠지만, 덤보는 특히 석양이 질 때 가장 예쁘다. 머리카락을 가볍게 흐트러트리는 시원한 바람, 간간이 들리는 지하철 소리, 햇볕에 반짝이는 이스트강…. 그 모든 것을 즐기고 있다 보면 저 멀리

강가 끝부터 하늘의 색깔이 변하기 시작한다. 투박한 빌딩들이 붉게 물들고, 천천히 푸른색을 거둬낸 하늘은 이윽고 절정에 이르러 완전한 색을 갖춘다. 그 색이 너무 짙어 결국 보랏빛으로 넘어갈 때, 수면 위 반짝임은 잦아들고 강 너머에 있는 월스트리트 빌딩들이 화려하게 빛나기 시작한다. 풀 내음이 짙어지고 귀뚜라미 울음소리를 눈치챌 즈음엔, 어느새 주변이 어두워져 있다. 독일에서 온 친구는 그 야경을 보면서 이렇게 말했다.

"아, 이럴 때 맥주를 먹으면 딱 인데."

나는 웃음을 터뜨리며 동의했다. 만약 한국이었다면 치킨까지 덤이었겠지. 황혼 뒤에 찾아오는 야경은 항상 이상한 기분이 들게 한다. 아름답고 쓸쓸하다. '저 월스트리트에 있는 사람들은 아직도 일하고 있을까'라는 엉뚱한 생각을 해보기도 하고 말이다.

뉴욕에서 세 번째 생일을 맞이한 날, 난 코네티컷에서 온 친구와 함께 덤보를 다시 찾았다. 아티스트 비자를 받고 난 후 처음 맞는 생일이었다. 돗자리가 없어서 오래된 담요를 풀밭에 펼쳤다. 바람도 심하게 불지 않고 햇빛도 심하지 않은, 적당히 좋은 날씨였다. 아침부터 정성스레 싼 김밥을 펼쳐놓고 친구와 나눠 먹으며, 오랜만에 보는 석양을 한참 동안 쳐다보았다. 이 아름다운 풍경을 무사히 다시 보게 되다니! 뉴욕 적응과 비자 문제로 아등바등했던 지난 시간이 주마등처럼 스쳐 지나갔다. 지쳐있던 몸과 마음은 언제 그랬냐는 듯 원래의 모습을 되찾았다. 홀가분하기도 하고 좀 더 단단해진 것 같기도 하다. 모든 것이 이제 시작이란 걸 잘 알고 있다. 여기서 언제까지 버틸 수 있을지 여전히 확신할 수 없다. 비자 만기가 다가오거나 금전적 문제가 생기면 나는 또다시 소용돌이에 갇힐 것이다. 그래도, 진짜 간

저마다의 방법으로
석양을 즐기는 사람들.

히게 되더라도 전보다 조금은 더 의연하게 마주할 수 있을 것 같다는 막연한 자신감이 들었다.

주위가 어느새 어둑해졌다. 야경을 충분히 눈에 담은 난 엉덩이를 털고 일어났다. 멀지 않은 바다에서 바람을 타고 흘러온 소금기에 치맛자락이 살짝 젖어있었다. 나는 주린 배를 붙잡고 긴 시간 함께 있어 준 친구를 쳐다보았다.

"저녁 뭐 먹을까?"

덤보에서 주말마다 열리는
플리 마켓.

Tip.1

그리말디스 피자리아
Grimaldi's Pizzeria

"덤보에 맛있는 피자가 있다던데…."라는 말을
들어본 적이 있다면 바로 이곳, 그리말디스 피자
리아다. 1991년에 생긴 이 피자집은 가게 인테
리어만큼 피자도 투박하지만 석탄 오븐으로 구
운 맛이 특별하다. 특히 쫄깃한 도우가 참 맛있다.
날씨가 좋은 날엔 사람들이 정말 많아서 기다리는
것이 싫다면 점심시간을 피해 가는 것을 추천한다.

주소   1 Front St, Brooklyn, NY 11201
운영시간   월~목 11:30am~10:45pm
             금 11:30am~11:45pm
             토 12:00pm~11:45pm
             일 12:00pm~10:45pm
홈페이지   grimaldis-pizza.com

Tip.2

줄리아나스
Juliana's

그리말디스 피자리아의 창업주 팻시 그리말디
(Patsy Grimaldi)가 만든 피자 브랜드로 그리말
디스 바로 옆에 위치해 있다. 투박한 그리말디스
와 달리 세련된 레스토랑 느낌이 물씬 풍긴다.
2015년 트립 어드바이저 선정 '미국 베스트 피자
1위'의 영예를 차지했다. 원조의 맛을 느끼고 싶
다면 이곳으로! 가격은 다소 비싼 편이다.

주소   19 Old Fulton St, Brooklyn, NY 11201
운영시간   점심 11:30am~3:15pm
             저녁 4:00pm~10:00pm
홈페이지   julianaspizza.com

Tip.3

브루클린 아이스크림 팩토리
Brooklyn Icecream Factory

그리말디스 피자리아에서 강가를 바라보며 언덕길을 쭉 내려오면 오른편에 쉑쉑버거가, 그 건너편에 작은 집 모양의 브루클린 아이스크림 팩토리가 있다. 전통 방식으로 만들어 일반 아이스크림과 달리 버터가 적고 계란이 사용되지 않은 것이 특징이다. 아이스크림을 물고 이스트강 강가를 걷는 환상을 직접 체험해보시길.

주소 1 Water St, Brooklyn, NY 11201
운영시간 12:00pm~10:00pm
홈페이지 brooklynicecreamfactory.com

Tip.4

브루클린 로스팅 컴퍼니
Brooklyn Roasting Company

브루클린 로스팅은 뉴욕에서 가장 유명한 로컬 커피 로스팅 회사이다. 뉴욕시의 많은 커피숍이 이 회사의 원두를 사용한다. 브루클린 느낌이 물씬 풍기는 빈티지한 가게에서 조용히 커피를 마시면 뉴요커가 부럽지 않다. 그리말디스에서 10~15분 정도 걸어가야 하는 게 흠이지만, 맨해튼 다리가 보이는 포토존과 가까운 편이다.

주소 25 Jay st, Brooklyn, NY 11201
운영시간 7:00am~7:00pm
홈페이지 brooklynroasting.com

Epilogue
계속 헤매더라도
후회 없이

기차가 그랜드센트럴에 도착했다. 기내용 가방을 들고 기차에서 내린 나는 쏟아지는 인파에 섞여 출구를 향해 걸었다. 밤 10시, 늦은 시각임에도 역은 사람들로 붐볐다. 월요일인 오늘은 미국의 공휴일 중 하나인 메모리 얼데이Memorial Day였다. 다들 모처럼 긴 주말을 즐기러 여행을 다녀온 것 인지 배낭을 메고 무리 지어 걷는 사람이 많았다.

나 역시 작업 중인 글을 마무리 짓기 위해 코네티컷에 있는 친구 집에 다녀오는 길이었다. 프리랜서는 수입이 불안정하기는 하지만 떠나고 싶을 때 훌쩍 떠날 수 있다는 게 참 좋다. 친구가 바쁘게 일하는 동안, 나는 자연 경관이 보이는 발코니에 앉아 주구장창 글을 썼다. 여행보단 출장에 가까운 일정이었지만 코딱지만 한 브루클린 방에서 글을 쓰는 것보단 훨씬 쾌적했다.

일주일 동안 조용한 곳에 있다가 인파를 보니 비로소 뉴욕에 돌아왔다는 느낌이 든다. 드라마를 보면 주인공은 이럴 때 주변을 둘러보면서 숨을 돌리던데, 현실은 사람들에게 치일세라 어깨를 이리저리 비틀며 지하철역으로 향하기 바빴다.

친구에게 뉴욕에 잘 도착했다는 문자를 보내고, 브루클린으로 향하는 열차에 몸을 실었다. 처음 뉴욕에 온 사람처럼 주변을 찬찬히 살폈다. 맞은 편에는 머리에 두건을 두른 아프리카계 미국인 여성이 최근 개봉한 영화의 원작을 읽고 있었다. 왼쪽에는 연인으로 보이는 백인 남자 두 명이 문가에 기대 이야기를 나누고, 오른쪽에는 덩치 큰 라틴계 남자가 헤드폰을 끼고 노래를 듣고 있다. 열차가 차이나타운역에 정차하자, 중국인 노부부가 올라탔다. 인종과 문화가 이토록 다양한 곳이 또 있을까. 너무 익숙해서 잊고 있었을 뿐, 난 이런 뉴욕의 다양성과 개방성을 사랑했다.

　1년만 살기로 했던 처음 계획과 달리, 나는 어느덧 이곳에서 3년째 살고 있다. 사회생활에 적응하느라 몸에 병이 날 만큼 힘들었던 첫해가 지난 후, 비자가 해결된 2년째에는 번아웃이 찾아왔었다. 반년 가까이 붓을 들지 못하고 일만 했다. 그토록 원하던 비자가 해결됐는데도 앞길에 대한 고민은 여전했고, 오랜만에 부모님을 뵙고 난 뒤에는 향수병이 찾아왔다. 내가 다시 작업을 제대로 시작한 건 3년 차에 돌입했을 때부터다. 걱정과 달리 붓을 들자 물 만난 고기처럼 신이 났고 내가 했던 고민들이 모두 하찮게 느껴졌다. 비록 애증 섞인 복잡한 감정일지라도 뉴욕을 좋아하는 것만큼은 틀림없었으니까.

나는 이제 곧 4년 차에 돌입한다. 여전히 불안정한 프리랜서이고, 강아지를 키우는 사바나, 시애틀에서 온 에일린과 함께 살고 있다. 만족스러운 작업을 하면 행복하고, 못 하면 우울한 작가 생활을 한다. 내년에 비자 재발급을 못 받으면 어쩌나 하는 걱정을 달고 살면서, 이곳을 떠나야 할지도 모른다는 유목민 같은 마음을 한편에 지고 산다. 이렇게 힘든데도 여기서 버텨보겠다고 결심한 건, 고민 없는 완전한 삶은 없다는 걸 알기 때문이다. 지금껏 만난 모든 사람, 나보다 안정된 삶을 사람, 나보다 돈을 많이 버는 사람, 나보다 좋은 학교를 나온 사람, 나보다 더 인정받는 사람…. 이들 모두 속을 들여다보면 하나같이 마음속에 저마다의 고민을 하나씩 껴안고 있었다. 이토록 불안정한 내 삶도 누군가에겐 그토록 바라는 삶이지 않을까. 내가 가지지 못한 것에서 눈을 떼고 내가 가진 것을 바라보니, 이미 가진 것이 너무나도 많았다.

그런 마음으로 뉴욕에서의 네 번째 계절을 맞이해 보기로 했다. 또다시 바닥에 부딪히고 분명 그런 나를 또 책망하겠지만, 이번에도 후회 없이 열심히 지내보려다.

뉴욕을 그리는 중입니다

초판 1쇄   2018년 10월 2일

지은이   조아라
펴낸이   전호림
책임편집   김은지
마케팅   박종욱 김혜원
영업   황기철

펴낸곳 매경출판㈜
등록 2003년 4월 24일(No. 2-3759)
주소 (04557) 서울시 중구 충무로 2(필동1가) 매일경제 별관 2층 매경출판㈜
홈페이지 www.mkbook.co.kr
전화 02)2000-2630(기획편집) 02)2000-2636(마케팅) 02)2000-2606(구입 문의)
팩스 02)2000-2609   **이메일** publish@mk.co.kr
인쇄·제본 ㈜M-print 031)8071-0961
ISBN 979-11-5542-880-1(03810)